Bernhard Vogel

Hans von Bülow

Zweiter Band

Bernhard Vogel

Hans von Bülow
Zweiter Band

ISBN/EAN: 9783744684712

Hergestellt in Europa, USA, Kanada, Australien, Japan

Cover: Foto ©Raphael Reischuk / pixelio.de

Weitere Bücher finden Sie auf **www.hansebooks.com**

Sammlung Göschen

Spanische Literaturgeschichte

von

Dr. Rudolf Beer

Lector der spanischen Sprache an dem romanischen Seminar
der k. k. Universität Wien

—

Zweiter Band

- - - - -

Leipzig
G. J. Göschen'sche Verlagshandlung
1903

Spamersche Buchdruckerei, Leipzig.

Inhaltsübersicht

Seite

Von Juan II. bis zu den Habsburgern:
1. Die Sängerkreise unter Juan II. u. Alfons V. 5—20
2. Die katholischen Könige . . . . 20—36
3. Anhang: Cancioneros und Romanceros . 36—44
Die Blütezeit unter den Habsburgern:
1. Lyrik, Epos, Roman . . . . 44—62
2. Das Drama . . . . 62—88
3. Fachliteratur: Geschichte, Humanismus, Brief,
   Philosophie, Theologie, Staatswissenschaft. —
   Satire. Konzeptismus, Kulteranismus . . 89—110
Der Verfall . . . . 110—120
Das neunzehnte Jahrhundert . . . . . 120—146
Die literarhistorischen Studien . . . . . 147—158

Von Juan II. bis zu den Habsburgern.

1. Die Sängerkreise unter Juan II. von Kastilien und Alfonso V. von Aragon.

Der Spielmann — dessen Sang, zum Teil bearbeitet, die geistlichen Skriptorien überlieferten, die Chroniken in Prosaauflösung aufnahmen —, der Geistliche, der Monarch oder die ihm nahestehenden Großen erscheinen in den bisher besprochenen Zeiträumen spanischer Literatur als Träger poetischen oder schriftstellerischen Schaffens. Unter Juan II. von Kastilien findet die Dichtkunst in einem neuen, weiteren Kreise reiche Pflege. Inmitten trostloser politischer und sozialer Verhältnisse, inmitten einer Anarchie, die das Ansehen von Thron und Altar erschütterte, erblühte ein literarisches Leben, das durch reichen Glanz, üppige Entfaltung und weite Ausbreitung in grellem Gegensatz zu den traurigen äußeren Verhältnissen des Staates stand. Es ist etwas übertrieben, wenn Puymaigre, der den Dichtern jener Zeit ein lesenswertes Buch gewidmet hat*), von einem poetischen „enivrement" spricht, „qui s'empara de la nation entière"; aber bemerkenswert erscheint, daß sich in den vielstimmigen Gesang, den, vom Monarchen angefangen, hohe geistliche und weltliche Würdenträger, Granden und

---

*) Puymaigre, Théodore Comte de: La cour littéraire de Don Juan II., Paris, 1873.

höfisch-geschmeidig gewordene Ritter ertönen ließen, auch
Krämer und Handwerker ihre Weise mischten. Die sanges-
freudige Schar holte sich die dichterische Anregung zunächst
von dort, wo sie am reichsten zu finden war, von den
italienischen Klassikern: Dante, Petrarca, Boccaccio hielten
ihren Einzug auf der iberischen Halbinsel. Gleichzeitig
läßt sich ein verstärkter Einfluß des altklassischen Schrifttums wahrnehmen, der die spanische Renaissance vor-
bereitete. Neben den Hauptzeugnissen für diese Einflüsse,
den Werken der damaligen Schriftsteller und Dichter,
dienen als wertvolle Belege die Privatbüchereien der
Granden, vor allem natürlich jener, die sich selbst literarisch
betätigten; die Bestände dieser Bibliotheken sind heute
noch vielfach, teils auf direktem, teils auf indirektem
Wege nachweisbar. Die Anfertigung von Handschriften
hatte zu keiner Zeit eine solche Ausdehnung gewonnen,
wie eben in der ersten Hälfte des 15. Jahrhunderts, bis
sie, wie anderwärts, so auch auf spanischem Boden, durch
die Buchdruckerkunst abgelöst wurde.*) Der geistige Verkehr mit dem Auslande blieb aber keineswegs auf die ge-
schriebenen Sendboten, die in den Büchereien eintrafen,
beschränkt. Häufiger denn in früherer Zeit begeben sich
Prälaten und Kanonisten nach Italien; bereits auf dem
Konzil zu Konstanz spielte Spanien eine führende Rolle.**)
Noch bedeutender ist der Einfluß der spanischen Vertreter
bei der Baseler Kirchenversammlung, wo, nebenbei be-

---

*) Erster Druck auf der iberischen Halbinsel von Lambert
Palmer zu Valencia, 1474. Vergl. Haebler, Konrad: The early
printers of Spain and Portugal (Illustrated Monographs No. IV),
London, 1897. (Desselben Autors Bibliografía Ibérica del
siglo XV und Typographie Ibérique du quinzième siècle sind
eben erschienen.
**) Vergl. Fromme, Bernhard: Die spanische Nation und
das Konstanzer Konzil, Münster, 1894.

merkt, die gewaltige Persönlichkeit eines Alonso de Car=
tagena, Bischofs von Burgos († 1456), mit Enea Silvio
in vertrauten Verkehr trat. Andererseits ist es ein Spanier,
Juan de Segovia (vom Papst Felix V. zum Kardinal er=
nannt), dem wir das bedeutendste Geschichtswerk über das
denkwürdige Baseler Konzil (in lateinischer Sprache) ver=
danken. Die Summe der [hier bloß angedeuteten] Ein=
flüsse erweitert nicht nur den Kreis der Pfleger der Literatur,
sie beeinflußt auch die Hervorbringungen selbst in Form
und Inhalt. Der epische Langvers war im Schrifttum
längst vergessen, der mester de clerecía, die 4zeilige
Alexandrinerstrophe, aufgegeben worden; die Volkspoesie
wurde mit großer Geringschätzung behandelt. (Vergl.
weiter unten „Cancioneros und Romanceros".) Neben den
italienischen Einflüssen und der [von dort geholten] alle=
gorischen Form (Dante) sind als Muster die galicischen
Cancioneros maßgebend, welche die Abfassung vieler
kleinerer Gedichte (serranillas, villancicos, esparsas, can-
ciones u. s. w.) veranlaßten. Juan II. ging in der Be=
tätigung solcher dichterischer Kleinkunst voran, und dem
königlichen Beispiel folgt eine überraschend große Schar
von Dichtern und Dichterlingen. Aus der ersten Hälfte
des 15. Jahrhunderts sind uns Namen von mehr als
zweihundert Dichtern überliefert.

Einer der ältesten, Enrique de Villena (1384—1434),
fälschlich Marques de Villena genannt, ist durch seine
Persönlichkeit kaum minder als durch seine schriftstellerische
Tätigkeit merkwürdig. Noch schwankt sein Charakterbild
in der Geschichte; auch die Legende hat sich der eigen=
artigen Gestalt bemächtigt. Mehr Grübler als Dichter,
mehr Phantast als Philosoph, dabei sinnlichen Lebens=
freuden nicht abhold, ist er wohl auch der spanische Faust
genannt worden. Von hoher Abkunft — väterlicherseits

mit dem Hause Aragon, mütterlicherseits mit dem Hause
Kastilien verwandt —, hatte er natürliche Beziehungen
zu den beiden christlichen Hauptstaaten der iberischen Halb=
insel; er nimmt daher eine Art geistiger Zwitterstellung
ein, die sich auch in seinem Wirken und in seinen Schriften
nicht verleugnet. Man tut aber unrecht, wenn man bloß
mit Rücksicht auf einen Teil seiner Schriften, die aller=
dings bemerkenswerte Zeugnisse für tollen Aberglauben
und Hinneigung zum Occultismus bilden*), über Villenas
Tätigkeit im allgemeinen den Stab bricht und so das
Auto de fé des Lope de Barrientos gutheißt, der im Auf=
trage Juan II. einen Teil der Bücher des „Magiers"
verbrannte. Von solchem Urteil heben sich die wirklichen
Verdienste ab, die sich Villena, von Santillana als der
gelehrteste Mann seiner Zeit gepriesen, um das spanische
Schrifttum erworben hat. Seine Übersetzungen des Vergil
(1428), die älteste spanische und, wenn wir von früheren
Kompendien absehen, die älteste in romanischen Sprachen
überhaupt, die (gleichfalls früheste) Übersetzung der Commedia Dantes, deren Original, mit Randnotizen des
Marques de Santillana versehen, erst kürzlich in der
Madrider Nationalbibliothek entdeckt wurde**), bilden
Marksteine in der spanischen Übersetzungsliteratur. Die
Übertragung der Rhetorica ad Herenium („Rhetórica de
Tulio nueva") schließt sich den genannten an. Unter den
selbständigen Werken Villenas seien zunächst Los doze
trabajos de Hércules — moralische Betrachtungen über

---

*) Dorer, Edmund: Heinrich von Villena, ein spanischer
Dichter und Zauberer, Braunschweig, 1887. (Aus: Archiv f.
d. Studium d. neueren Sprachen, Bd. 77.) — Cotarelo y Mori,
Emilio: Don Enrique de Villena, Madrid, 1896. (S. 151 ff. Liste
der zahlreichen von Villena zitierten Autoren.)

**) Schiff, Mario: La première traduction espagnole de
Divine Comédie. Homenaje á Menéndez y Pelayo I, 269 ff.

das Leben in allegorisch=mythologischem Gewande — und
die Arte Cisoria erwähnt; letztere eine Art Vorschneide= ?
kunst, die uns der spanische Grande, der nach beglaubigten
Zeugnissen viel auf gutes Essen hielt, überliefert hat.
Die Arbeiten des Herkules (1417) waren ursprünglich in
katalanischer Sprache geschrieben, erst später ins Kasti=
lianische übersetzt worden. Auch die kleineren Gedichte,
die er zweifellos in seiner Jugend verfaßt hat, waren
gewiß katalanisch: Villenas Name fehlt in den spanischen
Cancioneros. Es ist überhaupt bezeichnend für das lite=
rarische Wirken Villenas, daß er Aragon und Kastilien,
die erst unter den katholischen Königen ihre politische
Vereinigung erhalten sollten, in ideeller Beziehung bereits
damals zu einigen suchte. Nach dem Vorbild der Blumen=
spiele zu Toulouse errichtete Villena in Barcelona*) eine
Akademie „der fröhlichen Wissenschaften" und trachtete, in
Kastilien eine ähnliche Einrichtung zu gründen. Dabei
wurde von ihm auf die provenzalische Kunst des Dichtens
hingewiesen. Von dieser primitiven Poetik: „El Arte de
trobar" haben sich einige Auszüge erhalten.

Weit bedeutender als Villena ist der Neffe des
Kanzlers Pedro López de Ayala, der Oheim des Marques
de Santillana, Fernan Pérez de Guzmán, der Herr von
Batres.**) Wenn auch kein Dichter von Gottesgnaden
— seine Verse sind oft nicht mehr als gereimte Prosa —
offenbart er in einigen Schöpfungen, besonders in den
Loores de los claros varones de España Würde, Weis=
heit und Kraft; er gibt „weniger Blüten als Früchte"

---

*) Denk, B. M. Otto: Einführung in die Geschichte der
altkatalanischen Literatur, München, 1893, 245 ff.
**) Auf diesem Herrensitze brachte er die letzten Lebens=
jahre zu. Jahr der Geburt (ca. 1378) und des Todes (1460?)
sind nicht sicher bekannt.

und erinnert durch sentenziösen Vortrag vielfach an Ayala. Von wirklicher Bedeutung ist Pérez de Guzmán als Geschichtschreiber, als Verfasser der Generaciones y Semblanzas.*) Diese bilden den dritten und einzig selbständigen Teil einer Kompilation unseres Autors, die unter dem Titel Mar de Historias zuerst in Valladolid 1512 gedruckt wurde. Die beiden ersten Teile über die Kaiser, die heidnischen und katholischen Fürsten, sowie über die Heiligen und Weisen, ihren Lebenslauf und ihre Werke, gehen wohl auf das Marc historiarum des Giovanni de Colonna zurück; vielleicht bildete eine französische Bearbeitung das Mittelglied. Die Generaciones sind ein Meisterwerk der Biographik: sie lehren die Menschen besser kennen — so urteilt Menéndez y Pelayo über sie und die claros varones Pulgars — als fast alle unsere Geschichtswerke zusammengenommen. Der plastischen Darstellung entspricht eine kräftige, eindringliche Schreibweise; so erhebt sich diese Porträtsammlung weit über die verschiedenen kleineren Dichtungen Pérez de Guzmáns, die sich in den Liederbüchern erhalten haben, und von denen nur die allegorische Coronación de las cuatro virtudes und die Proverbios (in 102 Coplas) Erwähnung verdienen.

Die Persönlichkeit, in welcher die literarisch und politisch reich bewegte Zeit Juan II. am deutlichsten zum Ausdruck kommt, ist Íñigo López de Mendoza, der erste Marques de Santillana (1398—1458).**) Er betätigte

---

*) Nicht von ihm stammt die Crónica de D. Juan II., ebensowenig die Sentenzensammlung: Valerio de las historias escolásticas, ein Werk des Diego Rodríguez de Almela (aus dem Kreise Alonso de Cartagenas).

**) Gesamtausgabe seiner Werke von J. Amador de los Ríos, Madrid, 1852.

sich in allen Dichtungsgattungen, die damals in Spanien
blühten, und ist, wenngleich kein dichterischer Genius
ersten Ranges, doch Meister dichterischer Technik. Auf=
schlußreich ist der literarische Apparat, mit dem López
de Mendoza arbeitete. Es ist zweifelhaft, ob er das
Lateinische völlig beherrschte; das Griechische war ihm
fremd. Gerade darin liegt die Ursache, daß er eifrig Über=
setzungen veranlaßte, so die eben erwähnte kastilianische
Übersetzung von Dantes Commedia durch Enrique de
Villena, ferner die der Aeneis Vergils, der Metamorphosen
Ovids, der Tragödien Senecas u. a. Auch Auszüge und
Übersetzungen aus Platons Phädon und der Iliade wußte
er sich zu verschaffen. Von der Bewunderung, die der
Marques für Dante hegte, zeugen seine eigenhändigen
Bemerkungen in dem Originalmanuskript der Villenaschen
Commedia=Übersetzung.*) War es auch nicht er, sondern
Micer Francisco Imperial, der Dante und den „género
italiano" in Spanien einführte, so überwog Santillanas
literarischer Einfluß weitaus den Imperials. Genauer
als die provenzalische Literatur kannte er die französische
Dichtung, natürlich nicht die alte des Volksepos; der
Marques besaß einen Prachtkodex des Romans de la Rose
und zitiert wiederholt Alain Chartier. Stattliche Reste
der erlesenen Bücherei des Granden haben sich erhalten
— jetzt in der Nationalbibliothek zu Madrid —, ein
wissenschaftlicher Wiederaufbau der Sammlung, der Amador

---

*) Vergl. S. 8, Anm. 2. Über Dante in Spanien
handelten zuletzt Savj=Lopez, Paolo: Dantes Einfluß auf
spanische Dichter des 15. Jahrhunderts, Neapel, o. J. und
Sanvisenti, Bernardo: I primi influssi di Dante, del Petrarca
e del Boccaccio sulla letteratura spagnuola, Milano, 1902.
Sanvisenti bietet in den Anmerkungen Angaben über die ein=
schlägige Literatur.

nicht gelang, steht zu erwarten.*) Ernste Studien auf
den eben angedeuteten Gebieten, frühzeitig gewonnene
Lebenserfahrung, mächtige Stellung (der Titel eines ersten
Marques de Santillana ward ihm 1445 für seine rühm=
liche Teilnahme an der Schlacht bei Olmedo) — aus
diesen Vorbedingungen entwickelten sich das ausgebreitete
dichterische Schaffen und die schriftstellerische Tätigkeit
Santillanas. In seinen Poesien lassen sich vornehmlich
drei Richtungen, die national=didaktische, die italienisch=
allegorische und die provenzalisch=höfische unterscheiden.
Santillanas Prosawerke sind gering an Zahl, jedoch nicht
ohne Belang. Von großer Wichtigkeit für die ältere
spanische Literatur im allgemeinen, für die damalige
Auffassung der Poetik im besonderen, ist der Proemio
e carta que embió al condestable de Portugal con obras
suyas. Santillana entwickelt hier seine Auffassung von
dem Wesen der Poesie und liefert uns u. a. ein bezeich=
nendes Zeugnis für die Geringschätzung, die man in den
höfischen Kreisen für die volkstümliche Dichtung hatte.
Gleichzeitig bietet er darin eine Liste der ihm bekannten
altspanischen Dichter. Unter den übrigen Prosa=Reliquien
sind namentlich die Refranes que dicen las viejas tras el
fuego bemerkenswert: eine der ältesten Sprichwörter=
sammlungen in den romanischen Literaturen, von San=
tillana angelegt, wohl auch stilistisch bearbeitet. Die
Sprüche selbst sind gewiß dem Volksmund entnommen. —
Unter den poetischen Werken Santillanas sind die Liebes=
gedichte die frühesten; besonders hoch geschätzt und eingehend
erläutert wurden die Proverbios (vergl. Bd. I, S. 122, 131).
In formeller Beziehung ist zu bemerken, daß Santillana

---

*) Von Marius Schiff, der in seinem Aufsatz über das
Manuskript der Dante-Übersetzung Villenas bereits eine gute
Probe lieferte.

als der erste das italienische Sonett und zugleich den Elf=
silbler in die spanische Dichtung einführte. Ferner hat er,
der über die volkstümliche Poesie so absprechend urteilte,
gerade in seinen Serranillas und Villancicos („La Va-
quera de la Finojosa“) den volkstümlichen Ton vorzüglich
getroffen und durch sie den meisten Ruhm gewonnen. Die
Liebeslieder: El Sueño, el Triumphete de Amor, el
Infierno de los Enamorados zeigen italienischen Einfluß
(Dante, Petrarca). Dante inspiriert auch die Coronación
de Mosén Jordi und el Planto de la Reyna Doña Mar-
garita. Die Comedieta de Ponza, die eigentlich nichts
Dramatisches an sich trägt, enthält breit ausgesponnene
Betrachtungen verschiedener Personen, die der Dichter in
allegorischer Vision erblickt. Vier vornehme Frauen drücken
ihre Trauer über die Niederlage der Spanier bei der Insel
Ponza*) aus, und kein Geringerer als Boccaccio tröstet
sie. Dramatischer bewegt als die Comedieta ist der
Diálogo de Bias contra Fortuna, lehrhaften Inhalts, wie
schon aus dem Titel erhellt; Fortuna und Bias werden
sprechend eingeführt. Neben dem Bias gehört der Doctrinal
de privados zu den bedeutendsten Werken des Dichters.
Der Stolz des spanischen Granden kehrt sich gegen
Alvaro de Luna, den einst allmächtigen Günstling
Juan II. Santillana ist und bleibt bis zu Alvaros Sturz
dessen unversöhnlicher Feind, und das, was der Spanier
Hidalguia nennt, sein adelsstolzer, ritterlicher Sinn, findet
auch hier sprechenden Ausdruck. Alvaro de Luna er=
scheint selbst, erzählt von seiner glänzenden Vergangenheit
und seinem traurigen Fall. Was nützt, fragt Alvaro,
dem Günstling all sein Reichtum — das Schafott er=
wartet ihn.

---

*) Bei Gaeta, wo 1425 die Genuesen einen Sieg über
Alfons V. von Aragon erfochten.

Selbst bei der größten, poetisch betätigten Bewun=
derung für die italienischen Meister bleibt Santillana
kastilianischer Fürst. Der Zauber der fremden Dichtung
überwältigt ihn lange nicht in dem Maße wie Juan de
Mena (1411—1465), der ganz im Banne der italie=
nischen Dichtung steht. Erst in reiferen Jahren poetisch
fruchtbar hat Mena in Rom selbst Dantes und Petrarcas
Schöpfungen auf sich wirken lassen, und dieser Einfluß ist
neben dem der klassisch=römischen Literatur für die Folge bei
ihm maßgebend geblieben. Freilich hat Mena, ein einfacher
Schriftsteller fast im modernen Sinne des Wortes, nach
außen keinen so großen Wirkungskreis wie etwa Santillana;
doch verschafften ihm seine Kenntnisse, namentlich in der
lateinischen Sprache, an dem kastilianischen Hofe die ehren-
volle Stelle eines Secretario de cartas latinas. Mit dieser
Stelle verband sich die dauernde Gunst Juan II., die sich
auch in der Ernennung Menas zum königlichen Chronisten
äußerte; die ersten Granden des Reichs, der Marques de
Santillana, auch dessen politischer Gegner, Alvaro de Luna,
ehrten ihn durch ihre Freundschaft. Von den Prosawerken
Juan de Menas ist der Kommentar zu seiner Dichtung
„La Coronacion" und seine „Iliada" bekannt geworden;
letztere keine eigentliche Übersetzung, sondern ein Kom=
pendium, das übrigens, namentlich in der an Juan II.
gerichteten Vorrede, durch unerträglichen Schwulst abstößt.
Fast in allen Schriften Menas machen sich zahlreiche
Neologismen und Latinismen unangenehm bemerkbar.
Unter seinen Schöpfungen in gebundener Rede heben sich
die in den Cancioneros befindlichen kleineren Dichtungen
kaum von den übrigen Gelegenheits=Machwerken dieser
Sammlungen ab. Ein zutreffenderes Bild seiner poe=
tischen Eigenart gibt die ebenerwähnte Coronacion, eine
allegorische Vision in unverkennbarer Anlehnung an Dante,

ine Reise zum Parnaß, auf dem der Dichter der Krönung
des Markgrafen von Santillana, des Dichters und Helden,
beiwohnt. Die Siete pecados mortales (die sieben Tob=
ünden, in den Handschriften auch Debate de la Razón
contra la Voluntad betitelt), sind gleichfalls eine Allegorie,
jedoch mit ausgesprochen lehrhafter Absicht. Menas Haupt=
werk ist der Laberinto, auch Las Trecientas (nach der
Zahl der Stanzen) genannt. Der Einfluß Dantes —
neben sehr deutlichen Anklängen an Lucan in Einzel=
heiten — ist hier offenkundig; der Dichter trifft Vor=
bereitungen zu einer Wanderung durch einen Wald, in
dem verschiedene Raubtiere ihn bedrohen; in Gestalt eines
schönen Weibes naht ihm die Providencia, verspricht ihm
Führung und bei dieser auch Erklärung der dunklen
Geheimnisse des Lebens. Zu diesen gehören die drei
Schicksalsräder im Mittelpunkt von fünf Kreisen. Das
Rad der Vergangenheit und der Zukunft ruht, stets dreht
sich das Rad der Gegenwart. Auf jedem Rade beein=
flussen die sieben Kreise der sieben Planeten das Schicksal
der Menschen; die Charaktereigenschaften hervorragender
Sterblicher werden von der Führerin erklärt. Die Ähnlich=
keit mit der Commedia, namentlich mit dem Paradiso, ergibt
sich von selbst, doch darf der Schöpfung sachliche Selb=
ständigkeit nicht abgesprochen werden; einzelne Stellen
sind von wahrhaft poetischem Schwung.

Dem Schriftstellerkreise, der sich um Juan gruppierte,
angehörig und nicht bloß wie die Mehrzahl jener In=
genios nur durch Gelegenheitsgedichte und kurze Poesien
in höfischer Art bemerkenswert, sind ferner Juan Rodriguez
del Padrón (de la Cámara)*) und Mosén Diego de Valera.

---

*) Obras de Juan Rodriguez de la Cámara (ó del Padron).
Publícalas la Sociedad de Bibliófilos Españoles. (Ausgabe, be=

Robriguez bel Padrón ist einer der letzten eigentlichen Troubadours, auf den die galicische Schule Einfluß geübt hat. Bei ihm kam die gelehrt reflektierende, nach klassischen und italienischen Mustern arbeitende Richtung nicht so zum Durchbruch wie etwa bei Juan de Mena. Robriguez stellt sich eher dem durch seine Liebesabenteuer und sein romantisches Ende berühmten galizischen Dichter Macias*) an die Seite, von dem eine Reihe vorwiegend galicisch verfaßter erotischer Poesien in den Cancioneros erhalten sind. Ebenso wie von Macias werden auch von Robriguez eine ganze Reihe abenteuerlicher Geschichten aus seinem Hof= und Liebesleben erzählt; einige davon sind von ihm selbst in dem Siervo libre de amor angedeutet.

Robriguez, Galicier von Geburt, war etwa 1430 an den Hof Juan II. gekommen und in intime Beziehungen zu einer Dame von hoher Herkunft getreten, zu derselben, die einen Teil seiner Gedichte inspirierte und auch in dem Siervo eine Rolle spielt. Aus einer Andeutung in einem seiner Gedichte wollte man schließen, daß er den Kardinal Cervantes zum Konzil nach Basel begleitete, doch kann an der bezeichneten Stelle Basel, ein damals oft genannter Ort, auch ganz allgemein für eine entfernte, unwirtliche Stadt gesetzt worden sein, wie etwa heute ganz gewöhnlich San Petersburgo.**) Während Robriguez in den zuerst bekannt gewordenen Poesieen höfischer Dichter bleibt, haben die jüngsten Funde, wie Rennert und Baist zeigten, ihn als Meister volkstümlicher

---

sorgt von Antonio Paz y Mélia.) Madrid, 1884. — Rennert, Hugo, Albert: Lieder des Juan Robriguez Padron. Zeitschrift für romanische Philologie XVII (1893) 544 ff.

*) Rennert, Hugo Albert: Macías, o namorado. A Galician trobador. Philadelphia, 1900.

**) Soviel ich sehe, kommt Robriguez bel Padróns Name in den mir vorliegenden Akten des Basler Konzils nicht vor.

Romanzenpoesie erwiesen. In den Prosaschriften liebt er
es, mit seiner Kenntnis der Werke römischer, griechischer
und italienischer Autoren zu prunken; mit den damals
so beliebten Ritterbüchern war er wohlvertraut, und auf
dem Gebiete der Genealogie galt er als Autorität. Die
Schriften, in denen er diese literarische Ausbildung ver-
wertete, sind der erwähnte Siervo libro de amor, der
Triunfo de las Donas und die Cadira de Honor. Der
Siervo, der Sklave, eine der wenigen spanischen Novellen
des 15. Jahrhunderts, enthält im ersten Teile eine allegorische Autobiographie, Selbstbekenntnisse aus dem Liebesleben des Dichters, im zweiten die Geschichte der beiden
Liebenden Ardanlier und Liessa, wohl mit Anspielungen
auf Selbsterlebtes, doch im wesentlichen Werk eigener Erfindung. Die Vita nuova, die Fiametta, der bretonische
Sagenkreis, endlich auch Amadis de Gaula haben hier
angeregt. Mehr didaktischen Inhalts sind der Triunfo —
eine von jenen zahlreichen Schriften des ausgehenden
Mittelalters, die sich mit den Vorzügen (oder auch
Fehlern) der Frauen beschäftigen — und die Cadira,
ein genealogisch-heraldisches Werk, auf Wunsch einiger
Granden des Hofes verfaßt.

Auch Mosén Diego de Valera, zu Cuenca 1412 geboren, bietet ein Beispiel für das abenteuerliche Leben
der damaligen Literaten; sein realistischer Sinn ließ ihn
aber nicht in erotische Schwärmereien verfallen. Aus
seinem reich bewegten Leben seien seine Teilnahme an den
Kämpfen in Deutschland und Böhmen gegen die Kalixtiner,
ferner seine Reisen nach Frankreich und sein Anteil an
den Staatsgeschäften seit 1441 erwähnt. Wir besitzen
von ihm eine Reihe von Briefen, die seinen politischen
Scharfblick erweisen, ferner unter dem Titel: Memorial de
diversas hazañas eine Chronik der Zeit Enrique IV. und

als Hauptwerk die Cronica de España y Cronica abreviada, die der Siebzigjährige Isabella der Katholischen widmete. Als erste Cronica general, welche durch die — auch von Valera hochgerühmte — Buchdruckerkunst in Spanien Verbreitung fand, wurde das/zwar auf Alfons X. Chronik fußende, aber durch Aufnahme von allerhand abenteuerlichen Geschichten entstellte Werk bald in weiten Kreisen bekannt. Außerdem stammen von Valera noch einige andere geschichtliche und genealogische Werke, endlich verschiedene lehrhafte Versuche, unter denen die Providencia contra Fortuna am meisten verbreitet war. Seine Gedichte, in verschiedenen Cancioneros verstreut, sind gering an Zahl und Wert. —

Der literarische Hof Juan II. hatte bereits seine Blüte erreicht, als Alfons V. von Aragon in Neapel einzog (1443) und auch um seine Person eine Zahl von Dichtern zu versammeln begann, die durch ihn Anregung und Unterstützung fanden. Zum erstenmal trat das spanische Volk durch zahlreiche, zum Teil geistig bedeutende Vertreter mit dem italienischen in engeren Verkehr. Abgesehen von gewissen kanonistischen Beziehungen zwischen Rom, Bologna und Padua einerseits und den geistigen Zentren Spaniens andererseits, sowie vereinzelten Reisen von Spaniern nach Italien (s. o. S. 6) war die geistige Berührung beider Länder bisher ziemlich belanglos gewesen. Durch Alfons V. Eroberung von Neapel begann die Hispanisierung Süditaliens, die im Laufe der nächsten Dezennien erhebliche Fortschritte machte. Für die Bedeutung dieser nicht nur politischen, sondern auch sprachlich-literarischen Eroberung liegen vielfache Zeugnisse vor.*)

---

*) Alfons V. (der ein aufgeschlagenes Buch in seinem Wappen führte) und sein Nachfolger Ferdinand I. legten eine

Alfons V., der als reifer Mann den italienischen Boden betrat, ist stets, auch in dem fremden Lande, Spanier geblieben; von seiner Italianisierung zu sprechen, ist ebenso unrichtig, wie die Meinung, daß er erst in Italien in die Elemente humanistischer Bildung eingeweiht worden sei. Das muß festgehalten werden, wenn man die Beziehungen Alfonsos zu Niccolò de'Tudeschi, Francesco Filelfo, Lorenzo Valla, Enea Silvio u. a. richtig würdigen will. Diese Vertreter des italienischen Humanismus, von Alfons fürstlich unterstützt, hatten naturgemäß unmittelbaren Einfluß auf die Erweiterung des Gesichtskreises des Fürsten und seines Hofs nach der klassischen Richtung hin, doch keineswegs so weit, daß bei ihm heimische Sprache und heimischer Sang in Vergessenheit geraten wäre. Des Königs Gefolge — nicht bloß Aragonesen und Katalanen, sondern auch Kastilianer —, durch die neuen Eindrücke angeregt, hat die heimische Poesie auf den fremden Boden verpflanzt und eine Sangesgenossenschaft gebildet, die von jener Juan II. nicht wesentlich verschieden war. Allerdings hatten die Träger der Dichtkunst an dem Hofe Alfons V. keine solche literarische Bedeutung wie etwa Santillana und Mena an dem Hofe Juan II. Lope de Stúñiga, Carvajales, Juan de Tapia, Arguello,

---

reichhaltige Bücherei an, von der heute noch kostbare Reste in verschiedenen öffentlichen Sammlungen, besonders in der National=bibliothek zu Paris, aufbewahrt werden. Vergl. Mazzatinti, Giuseppe: La biblioteca dei re d'Aragona in Napoli. Rocca S. Casciano, 1897. Wertvolle Beiträge zur Kenntnis der spanisch=italienischen Beziehungen lieferte Croce, Benedetto: La corte Spagnuola di Alfonso d'Aragona a Napoli, 1894. (Vol. XXIV der Atti dell'Accademia Pontaniana di Napoli), ferner La Lingua Spagnuola in Italia, Roma, 1895, endlich in den von Farinelli, Rassegna Bibliografica VII, 1899, be=sprochenen Arbeiten.

Suero de Ribera treten uns als Sänger des Alfonsinischen Hofes mit kleineren Dichtungen entgegen; von ausgebreiteterem schriftstellerischem Wirken der Genannten ist nichts bekannt. Im übrigen vergleiche man den späteren Abschnitt über Cancioneros und Romanceros.

2. Die katholischen Könige.

Die durch Juan II. und seinen Dichterkreis gebotenen Anregungen waren kräftig genug, um während der überaus traurigen zwanzigjährigen Regierungszeit Enrique IV. (reg. 1454—1474) fortzuwirken; die geistige Bewegung, die durch Juan II. Zeitalter geht, setzt sich fort und empfängt, nachdem jene Periode völliger Anarchie überwunden war, durch die kraftvolle Herrschaft der katholischen Könige neue Nahrung.

Unter Isabella von Kastilien (reg. 1474—1504) beginnt eine Wiedergeburt des Staatswesens, eine Reform von Rechtspflege und Verwaltung. Hierzu bedurfte es größter Energie; Milde und Duldung sind nicht Züge im Charakter der mächtigen Monarchin. Was man aber ihrem Eifer dankte, zeigt deutlicher denn alles andere das Beispiel Colons. Auch den literarischen und wissenschaftlichen Bestrebungen im allgemeinen wurde unter solchem Leitstern reiche Pflege zuteil. Die Königin verfügte selbst die Abfassung verschiedener Werke; Grammatiker und Philologen widmeten ihr Wörterbücher, lateinische wie kastilianische Sprachwerke und Übersetzungen von Schriften fremder Autoren, Historiker ihre Chroniken, Naturforscher anthropologische Werke, Mathematiker ihre astronomischen Tabellen. Die Königin war tatsächlich die erste Büchersammlerin des Landes; ihre Bibliothek, mehrere hundert Handschriften umfassend, läßt sich noch

heute durch die erhaltenen Kataloge feststellen*) — ja
sogar die Handexemplare der Monarchin sind bekannt.
Nach der Turmuhr des Palastes richtet man die Zeiger
der Uhren im Lande. Wie zur Erziehung und Aus=
bildung der Prinzen des königlichen Hauses die hervor=
ragendsten Lehrer berufen wurden, so vertauschten die
Granden eifriger als je das Schwert mit der Feder,
suchten Ruhm auf dem wissenschaftlichen Felde, wo sie
lernten, ja auch lehrten. Gutierrez de Toledo (ein Alba),
Pedro Fernandez de Velasco, Alfonso Manrique wirkten
an der Hochschule Alcalá. Töchter gräflicher Häuser
durften in Salamanca und Alcalá öffentliche Vorlesungen
halten; die berühmte Doña Beatriz Galinda, genannt
La Latina, war die Lehrerin Isabellas in der lateinischen
Sprache. Dieses Idiom war denn auch Gegenstand weit
ernsteren Studiums als bisher; statt gelegentlicher Über=
setzungen findet man nun methodische Pflege der klassischen
Literatur, für die als einziges sprechendes Zeugnis hier
nur die gegen Ende des Jahrhunderts wiederholt auf=
gelegten Wörterbücher des Antonio de Nebrija angeführt
werden mögen. Auch im allgemeinen wurde das literarische
Rüstzeug ansehnlich vermehrt, und die Herrensitze wett=
eiferten nun mit den Klöstern in der Sammlung kostbarer
Handschriften; auf diesem Gebiete entwickelte sich gerade
unmittelbar vor der Einführung des Buchdrucks (vergl.
oben S. 5, Anm.) eine fieberhafte Tätigkeit. Wie in
der ersten Hälfte des Jahrhunderts Santillana, Alvar
Garcia und Pablo de Santa Maria (in Burgos), Graf

---

*) Die für die Kenntnis der damals verbreiteten Literatur=
werke wichtigen Verzeichnisse wurden mit Erläuterungen heraus=
gegeben von Clemencin, Diego: Elógio de la Reina Católica
Doña Isabel in den Memorias de la Real Academia de la
Historia, VI (1821), Ilustración XVII: Biblioteca de la Reina.

Pimentel (in Benavente) ansehnliche Büchereien anlegten, so ist in der zweiten Hälfte neben der Bibliothek der Königin die von Gomez Manrique, vor allem die Pedro Fernandez Velascos, Grafen von Haro, bemerkenswert.*) Unter solchen Bedingungen bereitet sich während der Regierung der katholischen Könige das goldene Zeitalter der spanischen Literatur vor. Doch haben wir nicht eine Periode bloßer Aussaat vor uns: den Größen der spanischen Kaiserzeit, Boscán, Garcilaso, Mendoza, Villalobos, Guevara, Valdés, Pérez de Oliva stehen während dieser sogenannten Vorbereitungsperiode die beiden Manrique, Pulgar, Juan del Enzina u. a. gegenüber. Amadis und die Celestina finden eine durch den Buchdruck begünstigte, bis dahin unerhörte Verbreitung. Nur die wichtigsten literarischen Erscheinungen dieser Zeit können im nach= folgenden besprochen werden.

Ein Zeichen der staatlichen und sozialen Verwirrung, die unter Enrique IV. herrschte, ist es, daß die politische Satire gepflegt wurde. Zwei Proben derselben sind zu erwähnen: die Coplas del Provincial und die Coplas de Mingo Revulgo, beide anonym, beide die Zeitverhältnisse geißelnd, dem Vortrag und Inhalt nach aber wesentlich verschieden. Die erstgenannten Coplas sind persönlich, frech, ja unverschämt**) — der Autor greift in denselben Mitglieder des Adels, des Klerus, insbesondere aber (in einem eigenen Abschnitte) die Frauen in unerhörter Weise

*) Paz y Mélia, Antonio: Biblioteca fundada por el Conde de Haro en 1455, Revista de Archivos 1897, 18 ff. (vergl. auch Jahrg. 1890 u. 1902).
**) Die Abfassung fällt in die Jahre 1465—1474. Erster Druck von Foulché Delbosc, R.: Notes sur Las Coplas del Provincial, Revue Hispanique V. (1898) 255—266, VI. (1899) 417—446, wo auch eine Nachahmung dieses Pamphlets mit= geteilt wird.

an und sagt ihnen die unglaublichsten Dinge nach —, die Coplas de Mingo Revulgo sind dagegen ernst, lehrhaft, allegorisch. Die Form des Dialogs leitet entfernt zu Enzina über.

Von den namhafteren Schriftstellern jener Zeit reiht sich hier, da wir von der Satire sprechen, am besten gleich Antón de Montoro, „el Ropero de Córdoba" an. Der Beiname ist keineswegs sinnbildlich zu fassen, da er wirklich seines Zeichens Flickschneider war. Emsige Arbeit, einfache Lebensführung mag zum gesunden Witz seiner halb volkstümlichen, halb kunstmäßigen, manchmal epigrammatisch zugespitzten Dichtungen beigetragen haben.*) 1404 in der Provinz Córdoba geboren, war er ein getaufter Jude; dieses Ursprungs gedenkt er noch in einer Dichtung, die er im Alter von 70 Jahren an die katholische Königin gerichtet hat. Sein Handwerk gab ihm wiederholt Anlaß zu scherz- und ernsthaften Bemerkungen; er griff, eine Art Vorläufer von Hans Sachs, nachdem er die Nadel eifrig gehandhabt hatte, zur Feder.**) Das erste datierbare Gedicht Montoros stammt aus dem Jahre 1447; er hat weit mehr geschrieben, als uns in den verschiedenen Cancioneros überliefert ist, aber das Erhaltene genügt, um in ihm einen Dichter von klarem Geist und scharfem Blick zu erkennen, der sich von politischem Streit ebenso fernhielt wie von müßiger Liebeständelei: „quizás

---

*) Erst in der jüngsten Zeit hat eine Ausgabe von 146 der kleinen Schöpfungen dieses merkwürdigen Dichters genaueren Einblick in sein Schaffen vermittelt: Cancionero de Antón de Montoro (el Ropero de Córdoba), poeta del siglo XV., reunido por Emilio Cotarelo y Mori, Madrid, 1900.
**) „Da das Dichten die Habe nicht mehrt und auch nicht vorwärts bringt, bleibe Ehre dem Fingerhut und Dank der Nadel." „Pues non cresce mi caudal — el trovar nin da más puja; adoremoste, dedal --- gracias fagamos, aguja."

el poeta más simpático en todo el Parnaso castellano del siglo XV" („er ist wohl der sympathischeste Dichter auf dem ganzen spanischen Parnaß des 15. Jahrhunderts") bemerkt Cotarelo.

Zu höfischen und ritterlichen Formen führt uns die Dichtung von Montoros Zeitgenossen Juan Alvarez Gato. Madrider von Geburt, altem Geschlecht entsprossen und noch von Juan II. 1453 zum Ritter geschlagen, hat er, wie Montoro, unter Enrique IV. wie auch unter den katholischen Königen gelebt und gedichtet und ist nach 1495 gestorben. Gatos Dichtungen sind uns in einem selbständigen handschriftlichen Cancionero aufbewahrt*) und scheiden sich in zwei Teile; der erste umfaßt die „Liebes=, Sünder= und Jugendlieder", der zweite „Ver= nünftige, geistliche, vorteilhafte und beschauliche Dinge". Die Liebeslieder sind geistvoll und anmutig; eine lebhafte Phantasie, ein prickelnder Vortrag ersetzt wirkliche Em= pfindung, eine leichte Ironie schwebt über manchen seiner Lieder, auch über solchen aus der Jugendzeit. Mit dem Marques de Santillana trifft er in glücklicher Nachahmung volkstümlicher Weisen zusammen.

Eine der bedeutendsten dichterischen Gestalten jenes Zeitraums ist Gómez Manrique. Lange Zeit fast nur durch einige, in den Cancioneros generales überlieferte Dichtungen bekannt, tritt uns nunmehr das dichterische Schaffen des Meisters durch die Entdeckung der Hand= schriften seines Liederbuchs und die treffliche Publikation desselben in ihrer ganzen Größe entgegen.**) Tatsächlich

---

*) Cancionero inédito de Juan Alvarez Gato, poeta madrileño del siglo XV. Madrid, 1901.

**) Cancionero de Gómez Manrique. Publícale con al- gunas notas Antonio Paz y Mélia, Madrid, 1885. 2 Bde. (Colección de ecritores castellanos, XXXVI, XXXIX.)

lassen sich ihm, was wahrhafte Begabung anlangt, unter den spanischen Dichtern des 15. Jahrhunderts nur San= tillana und Mena an die Seite stellen. Etwa um das Jahr 1412 geboren, verlebte er eine überaus bewegte Jugend und betätigte sich schon in frühester Zeit an den inneren und äußeren Kämpfen, die das Land erschütterten. Unter Juan II. Gegner Alvaro de Lunas, mit Enrique IV. bald zerworfen, erscheint er fast wie einer jener zahlreichen Bandenführer, die in der schrecklichen Zeit ihr Unwesen trieben; aber sein gesundes Wesen und sein staatsmännisch geschärfter Blick ließen ihn schon in früher Zeit für die Infantin Isabella Partei nehmen, und er trug nicht wenig zu ihrer Verbindung mit Ferdinand von Aragon bei. Gómez Manrique starb Ende 1490 oder Anfang 1491. Sein Testament ist vom 31. März 1490 datiert; in dem gleichfalls noch erhaltenen Inventar seines Besitzes kenn= zeichnen prächtige Gobelins und eine erlesene Bibliothek den Erblasser als Kunst= und Bücherliebhaber. Sein Cancionero umfaßt 108 Poesien: geschickt versifizierte Liebeslieder, galante Einfälle, Glückwünsche und Scherz= gedichte, diese freilich nicht von so gelungener Würze wie die Montoros. An diese kleineren Schöpfungen schließen sich lehrhafte Gedichte, die von edlem Schwung getragen sind: der Einfluß des von Gómez Manrique bewunderten Markgrafen Santillana ist hier unverkennbar. Der „Planto de las virtudes ó Poesia", ein Gedicht, das er 1458 dem dahingeschiedenen Markgrafen widmete, ist eine der umfangreichsten Schöpfungen Manriques; die darin enthaltenen Allegorien und Visionen weisen auf Dante, der lehrhafte Ton auf Santillana. Auch in den Coplas für Diego Arias, die in schwermütigen Weisen die Ver= gänglichkeit irdischer Größe künden, eine der besten Schöp= fungen unseres Dichters, ferner in den Coplas del mal

gobierno de Toledo und in dem Regimiento de príncipes
zeigt sich der Einfluß desselben Meisters. Außer lyrischen
und didaktischen Dichtungen sind uns auch dramatische
Schöpfungen Gómez Manriques erhalten, die freilich nicht
über die einfachen szenischen Versuche jener Zeit hinaus=
gehen. Eine Representación behandelt die Geburt des
Herrn und die Anbetung der Hirten in der Art des litur=
gischen Dramas der alten Zeit, ist demgemäß auch in
schlichter Sprache gehalten. Außerdem stammen von
Manrique dialogische Lamentationen für die Karwoche;
endlich auch zwei kleine dramatische Kompositionen, so eine,
in der die neun Musen einem Infanten bei seinem Geburts=
tage seine Geschicke verkünden; bei der Darstellung nahmen
die Infantin Isabella und die Damen ihres Hofes teil.
An sich nicht bedeutend, sind diese Versuche gleichwohl
wichtig als Vorläufer der Schöpfungen Juan del Enzinas.

Gómez Manriques Neffe Jorge, der wie jener am
Hofe Juan II. weilte und an den Kämpfen des Landes
teilnahm, fiel in blühendem Mannesalter, 1479, in einem
Gefecht gegen Aufständische zu Barcelona. Von zahl=
reichen kleineren Gedichten minderen Wertes, die uns er=
halten sind — Liebesliedern, in denen ein traurig=düsterer
Ton vorwaltet — unterscheidet sich vorteilhaft eine um=
fangreiche Elegie auf den Tod seines Vaters Rodrigo
Manrique, Markgrafen von Paredes. Diese Coplas, in
einfach kräftiger Sprache vorgetragen, zeugen von er=
greifender Tiefe und Innigkeit des Gefühls und erheben
sich zu seltener Gedankenfülle; das Weh des Leidtragenden
löst sich in dem allgemeinen Schmerz über die Vergänglich=
keit alles Irdischen auf. Das weitberühmte Gedicht ist
in unzähligen Ausgaben erschienen, sehr häufig mit Glossen
versehen worden und wurde von Longfellow formvollendet
ins Englische übersetzt.

An die beiden ebengenannten Sterne erster Größe reiht sich in einigem Abstande der 1413 zu Sevilla geborene Pedro Guillén de Segovia (dies sein Aufenthaltsort). Sein Cancionero bietet dem Inhalt nach etwa die Durchschnittsdichtung jener Zeit: Liebeslieder, moralische Betrachtungen und andächtige Stimmungsbilder, politische Gelegenheitsgedichte, poetische Wettkämpfe u. a. m. Von der Schablone weicht er in seinem Discurso de los doce estados del mundo ab, in dem er die verschiedenen Berufe: Fürst, Prälat, Ritter, Mönch, Bürger u. s. f. behandelt und zu satirischen Streiflichtern auf die Gesellschaft Gelegenheit findet. Als unabhängiger Beobachter zeigt ihn auch sein Gedicht auf den Tod Alvaro de Lunas, eine Art Apologie dieses Bestgehaßten.

Aus der nicht kleinen Schar der übrigen höfischen Dichter jener Zeit seien noch Garci Sanchez de Badajoz, der Verfasser des Infierno de Amor, endlich als einer der Spätesten Rodrigo Cota erwähnt. Cota wurde vielfach, jedoch ohne zutreffende Begründung, als Verfasser des ersten Aktes der Celestina und der Coplas de Mingo Revulgo genannt. Wirklich ihm gehörend ist der dramatisch lebensvolle Diálogo entre el Amor y un Viejo, ein in gefälligen Versen vorgetragener Preis der Allmacht der Liebe. —

Gilt die Schöpfung des dem Geiste eines Volkes gemäßen Dramas mit Recht als Krone längerer, von ebendemselben auf anderen Gebieten dichterischen Schaffens geübter Tätigkeit, so darf das Zeitalter Isabella der Katholischen sich rühmen, zu solcher Krönung verholfen zu haben. Handelt es sich hier auch nur um die ersten Versuche, so sind diese gleichwohl die Vorbereitung zu einem Phänomen, das in der Geschichte der Weltliteratur einzig dasteht.

Der schon genannte Juan del Enzina gehört rück=
sichtlich der bedeutendsten Periode seines Schaffens dieser
Zeit an.*) 1469 in oder bei Salamanca geboren, be=
suchte er die Salmantiner Hochschule und war vielleicht
Schüler des berühmten Antonio de Nebrija. Die klassische
Bildung, die er dort erhielt, war namentlich für ein
Gebiet seines Schaffens von besonderer Bedeutung.
Zwischen dem 14. und 25. Lebensjahr verfaßte er die
meisten Gedichte seines Cancionero, wie er dies selbst in
der an die katholischen Könige gerichteten Widmung
angibt. In die nämliche Zeit fällt seine Ausbildung in
der Musik, die ihm bei den Kompositionen zu seinen
Dichtungen so sehr zu statten kam. Bei der Darstellung
seiner szenischen Schöpfungen, die von 1492 angefangen,
im Schlosse Alba (Alba de Tormes), vor dem Infanten
Juan, und in Rom aufgeführt wurden, war er als Leiter
tätig. Nicht ohne Einfluß auf sein späteres Schaffen
wurde seine Reise nach Rom (etwa 1499), wo er sich
der Gunst der Päpste Alexander VI. und Leo X. er=
freute und vielleicht Sänger (nicht Leiter) der päpstlichen
Kapelle wurde. Zuerst mit einer Pfründe der Kathedrale
Salamanca bedacht, dann Archidiakonus von Málaga,
hat er bis in die reiferen Mannesjahre sich um diese
seine kirchlichen Würden nicht allzuviel gekümmert, ein
ziemlich weltliches Leben geführt, meist in Rom gelebt.
Als Fünfziger entschloß er sich, seinem Beruf als Priester
wirklich zu entsprechen, und unternahm 1519 eine Reise

---

*) Menendez y Pelayo, Marcelino: Antologia, VII, 1898
I—C bietet die ausführlichste Darstellung des Lebens und
Wirkens unseres Dichters, sowie S. I f. eine Bibliographie der
wichtigeren einschlägigen Arbeiten. Die ältere Literatur ist an=
geführt in dem Aufsatze Ferdinand Wolfs: „Über Juan de la
Zina", abgedruckt in den „Studien" 270 ff.

nach Jerusalem, über die seine versifizierte Beschreibung, „Trivagia" betitelt, berichtet, kehrte noch in demselben Jahre nach Rom zurück, um dann die letzte Lebenszeit in seinem Vaterlande zuzubringen. Über diese liegen keine zuverlässigen Nachrichten vor; er soll 1534 zu Salamanca gestorben sein.

Enzina hat eine ausgebreitete dichterische Tätigkeit entfaltet. Obwohl kein echter Dichter, besaß er doch künstlerische Gaben, lebhafte Einbildungskraft, die sich namentlich in der Wiedergabe anmutiger ländlicher Bilder betätigte, ein manchmal sinnig hervortretendes natürliches Gefühl, auch Verständnis für volkstümlichen Ausdruck, vor allem feines musikalisches Gehör.*) Seinen Cancionero leitet eine Arte de Poesía Castellana ein: einerseits ein Nachklang an die Lehren der Alten, andererseits, in den Vorschriften über künstlerische Technik, eine Spät-frucht der provenzalischen Schule. Der Einfluß der huma-nistischen Bildung äußert sich zunächst in der leichten anmutigen Übersetzung, vielmehr Umdichtung, der Hirten-gedichte Vergils, bei der auch zeitgenössische Eindrücke zur Verwertung kamen. Diese Tätigkeit wirkt nach bei Enzinas szenischen Versuchen: nicht bloß der Name Egloga, sondern auch die Einführung der Hirten, die Schilderung länd-licher Verhältnisse, wird durch Vergil angeregt. Die selbständigen Poesien Enzinas, die in dem Cancionero Aufnahme fanden, sind zahlreich und von ungleichem Wert. Schwach sind die geistlichen Lieder; auch unter den allegorischen Visionen weicht der Triumfo de Amor

---

*) Cancionero musical de los siglos XV y XVI. Trans-crito y comentado por Francisco Arsenjo Barbieri, Madrid o. J. (1890). S. 20 ff. werden die mit Musikbegleitung überlieferten 68 Gedichte Enzinas besprochen und seine Bedeutung als Kom-ponist gewürdigt.

nicht von der Schablone ab. Besser ist der Triumfo de la Fama, zu dem das bedeutsamste Ereignis jener Zeit, „granada Granada", den Dichter begeisterte. Auch unter seinen galanten Poesien zeichnen sich einige durch Witz und feinen Vortrag aus. Den besten Erfolg erzielt Enzina, gleich Santillana, in den Dichtungen, welche den volkstümlichen Ton anschlagen, in seinen Villancicos (ländlichen Liedern), die zum schönsten Schmuck seiner Eglogas gehören.

Den Ruhm eines bahnbrechenden Neuerers gewann Enzina auf dem Gebiete des Dramas. Gómez Manrique war mit kurzen, höchst einfachen Weihnachts= und Oster= Repräsentationen vorangegangen, Enzina hat diese dra= matischen Anfänge verschiedenartig und verhältnismäßig reich entwickelt. Fast zwei Jahrhunderte waren — seit Alfons X. — verstrichen, aus denen kaum Nachrichten von szenischen Aufführungen überliefert sind. Enzina knüpft denn tatsächlich an jene einfachen liturgischen Spiele an, die Alfons X. in der Band I, Seite 101 erwähnten Partida= Stelle ausdrücklich gestattet. Seine Repräsentationen der Passion und der Auferstehung, die er für das Oratorium des Hauses Alba dichtete, sind dafür Belege. In den Eglogas de Navidad mischt sich schon in das geistliche Element das weltliche, und dieses gewinnt, durch das Auftreten der Hirten begünstigt, hie und da sogar die Oberhand. An die alten grobkörnigen Juegos de escarnio (Spottspiele) erinnert entfernt Enzinas Auto del Repelón (Prügel= oder Rauf=Auto) mit seinen derben Späßen, seinen Prügelszenen zwischen Hirten und Studenten, in gewissem Sinne ein Vorläufer der späteren Pasos (Entre= meses, Sainetes). Mäßiger gehalten sind die beiden Fast= nachts=Eklogen, deren zweite das alte, schon aus dem Libro de buen amor des Erzpriesters von Hita bekannte

Thema des Kampfes zwischen Don Carnal und Doña Cuaresma verwertet. Zwei andere Eklogen bedeuten insofern einen Fortschritt zum wirklichen Drama, als sie, durchaus profanen Inhalts, in lebhaftem Dialog den Kontrast zwischen höfischem und ländlichem Leben zum Ausdruck bringen; es sind zwei Akte eines kleinen Dramas, in denen die Hirtin Pascuela, der Knappe Gil und der Hirte Mingo die Protagonisten darstellen. Sowohl Gil wie Mingo bewerben sich um die Gunst Pascuelas, um derentwillen Gil sogar Hirte wird. Hierdurch ist der Anlaß gegeben, jenen Kontrast anzudeuten, eine Art von Umgebungsschilderung zu versuchen. Die Villancicos dieser Stücke gehören zu den besten Enzinas; eines derselben wird mit Tanzbegleitungen gesungen und bildet den ersten schüchternen Anfang des musikalisch=dramatischen Elements auf spanischem Boden.

Neben den Eindrücken des langen römischen Aufenthalts haben zwei spanische Prosawerke ziemlich verschiedener Gattung die spätere Schaffensperiode Enzinas merklich beeinflußt: die noch später zu besprechende Celestina sowie Diego de San Pedros Carcel de Amor. Sehr oft ediert, ins Französische und von Hans Ludwig Kuffstein, Leipzig 1630, ins Deutsche („Gefängnuß der Lieb") übersetzt*), hat diese allegorische Vision, die Wanderung zu der Burg, in welcher der Held der Dichtung, Leriano, als Gefangener der Liebe angekettet schmachtet, die Fülle der an die Ritterromane erinnernden Abenteuer bei den Kämpfen des Helden um die Geliebte, Laureola, endlich ihr tragischer Tod, auch bei Enzina empfängliche Aufnahme und in seinen tragisch=allegorischen Stücken willige Verwertung gefunden. Zunächst bei der (zuerst in Rom aufgeführten,

---

*) Schneider, Adam: Spaniens Anteil an der deutschen Literatur des 16. und 17. Jahrhunderts, Straßburg, 1898, 245 ff.

später auf den Index gesetzten) Farsa de Plácida y Vi-
toriano, in der Frau Venus die Plácida, die sich aus
Liebesgram ben Tod gegeben, durch Merkur wieder zum
Leben zurückruft, dann in der ernster gehaltenen Egloga:
Fileno y Zambardo, in deren ursprünglicher Faffung der
Selbstmord aus Liebe verherrlicht wird. In einer anderen
kleinen Ekloge: Cristino y Febea fordert Amor zuerst
durch eine „Nymphe", dann persönlich einen Hirten, der
Einsiedler geworden, auf, sein ödes Leben zu verlassen
und sich weltlichen Genüssen hinzugeben. Man sieht, das
altspanische szenische Spiel war von Enzina in völlig neue
weltliche Bahnen gelenkt worden. Erwägt man noch, daß
die spanische Bühne als solche von ihm ihren Ausgangs-
punkt nahm, daß weltliche Schauspieler seine Stücke dar-
stellten, daß auch die Rolle des Gracioso, des Spaß-
machers, durch ihn schon gegeben war, so wird die
Wichtigkeit der Schöpfung Enzinas noch klarer.

Auch er, der Neuerer, ist durch eine mächtige
dramatische Erscheinung des ausgehenden 15. Jahrhunderts, durch die Celestina, angeregt worden. Tatsächlich bildet sie eine gleichzeitige großartige Ergänzung
seines Werkes, die auch ihrerseits die Entwicklung des
spanischen Dramas mächtig beeinflußte.*)

---

*) Wolf, Ferdinand: Über das spanische Drama: „La
Celestina" und seine Übersetzungen (wieder abgedruckt in den
„Studien" 278—302). Hierzu kommen in jüngster Zeit die
Ausgaben: Comedia de Calisto y Melibea (único texto autén-
tico de la Celestina). Reimpresión publicada por R. Foulché-
Delbosc. París, 1900. — La Celestina, Tragicomedia de
Calisto y Melibea por Fernando de Rojas. Conforme á la
edición de Valencia de 1514, reproducción de la de Salamanca
de 1500, cotejada con el ejemplar de la Biblioteca Nacional
de Madrid. Con el estudio crítico de la Celestina nueva-
mente corregido y aumentado del Excmo Sr. D. Marcelino

Die ersten Ausgaben der „Comedia de Calisto y Melibea" — die eine mit Grund supponiert, die andere durch das einzige sogenannte Exemplar „Heber" repräsentiert — boten nur 16 Akte und keine Andeutung über den Verfasser. Erst in den weiteren Stadien, welche die Publikation durch den Druck durchmachte — die älteste, sicher datierbare Ausgabe (Sevilla, 1501) hat nur 16 Akte, jedoch bereits den Brief: El Autor á un su amigo, die akrostichischen Verse und die Oktaven des Korrektors Proaza —, erscheint die Comedia zu einer Tragicomedia von 21 (22) Akten erweitert, Akt 15, 16 der ursprünglichen Fassung, werden 20, 21 der späteren, auch die Akte selbst, namentlich 14 und 19, erfahren zum Teil eine Umarbeitung. Durch das Akrostichon der vorgesetzten elf Oktaven wird der Verfassername verraten: EL BACHJLER FERNANDO DE ROJAS ACABO LA COMEDIA DE CALYSTO Y MELYBEA Y FUE NASCIDO EN LA PUEBLA DE MONTALVAN. An dieser Namensnennung ist festzuhalten; sie ist durch sichere Nachrichten über das Leben des Fernando de Rojas bestätigt. Wenn der Autor in der dem Texte vorangehenden Carta á un amigo berichtet, er habe den ersten Akt des Dramas bereits vorgefunden, die Schönheit des Stückes habe ihn so sehr gefangen genommen, daß er sich zur Fortsetzung des Werkes entschlossen, die er in „zwei Ferialwochen" vollendet; wenn er später als mutmaßliche Verfasser des Anfangs Mena oder Cota nennt: so ist dies eine — auch sonst nicht ungewöhnliche — Ausschmückung der primordia operis, die im vorliegenden Falle durch die Eigenart des

---

Menéndez y Pelayo. Eugenio Krapf, Vigo, 1899—1900. — Erläuterungen zu der erstgenannten Ausgabe von Foulche-Delbosc, R.: Observations sur la Célestine. Revue Hispanique VII (1900) 28—80.

Stoffs, wohl auch durch durch die persönlichen Verhältnisse des Bachiller begründet war.*)

Calisto ist von Liebe zur schönen Melibea entbrannt, wird aber von dem vornehmen und wohlerzogenen Mäd= chen zurückgewiesen. Da wendet er sich an die Kupplerin Celestina, die Melibea zu bewegen weiß, Calisto zu will= fahren. In dem Streit um den Kupplerlohn wird Celestina von ihren eigenen Helfern erschlagen, von diesen werden zwei durch Schergen getötet. Auch die beiden Liebenden finden unter tragischen Umständen den Tod. Calisto stürzt von einer Leiter, Melibea endet durch Selbstmord.

Die Kupplerin Celestina hat in der Trotaconventos=

---

*) Die von Ferdinand Wolf („Studien" 290 ff.) vor=
getragenen Erläuterungen zusammenfassend und vertiefend, ur=
teilt Carolina Michaëlis de Vasconcellos (Zeitschrift für rom.
Phil. XXI, 1897, 407): „Wenn ein noch jugendlicher Bacca-
laureus, der seine Wissenschaft hochschätzt und entweder schon
Amt und Würden inne hat oder sich um dieselben bemüht,
Scheu empfindet, ein belletristisches Werk wie die Celestina zu
unterzeichnen, demselben aber durch Hinweis auf berühmte Autoren wie Mena und Cota als auf die Verfasser eines preisens-
werten Teilstückes Eingang zu verschaffen sucht, während er sein
eigenes Arbeitsteil mit absichtlicher Geringschätzung als rasch
erblühte Frucht der Ferienmuße hinstellt, hernach jedoch, wenn
seine Schöpfung Berühmtheit erlangt hat, seinen Namen in
einem Akrostichon=Gedicht anbringt, so steht er mit solchem Ver=
fahren wahrlich nicht allein." Ich kann dieses Urteil unter=
schreiben; es hat kürzlich durch die von Serrano y Sanz, Revista
de Archivos VI, 245 ff., veröffentlichten Urkunden dokumentarische
Stütze erhalten. (Vergl. auch Michaëlis über die Ausgaben von
Foulché=Delbosc und Krapf, Literaturblatt für germanische und
romanische Philologie, 1901, No. 1). Das künstliche Akrostichon
ist ein naiv=frohes Spiel mit dem eigenen Namen, der an dem
Menschen sitzt wie ein Kleid. — Ähnlich unbefangene Beurteilung
dieser Frage findet sich in der jüngsten Arbeit über die Celestina;
vergl. Fehse, Wilhelm: Christof Wirsungs deutsche Celestina=
übersetzungen, Halle a. S., 1902, S. 21 ff.

des Erzpriesters von Hita ihr Vorbild, während Don Melon und Doña Endrina des Libro de buen amor hier eben zu Calisto und Melibea werden. Die Trotaconventos geht, wie wir sahen (Bd. I, S. 127 f.), ihrerseits wieder auf den Pamphilus zurück, eine Ascendenz, die eine der Haupt= linien der spanischen Bühnengeschichte darlegt. Nach einer andern Seite hin ist Rojas durch das unter dem Namen Corbacho bekannte Buch des Alonso Martinez de Toledo: De los vicios de las malas mujeres, eine freie, aber in köstlichem Stil geschriebene Satire auf das schöne Ge= schlecht*), beeinflußt worden. Höher aber, als Hita über den Pamphilus, erhebt sich die geniale Schöpfung des Rojas über alles, wodurch sein Schaffen angeregt werden konnte. Die Celestina ist nicht nur eine der bedeutendsten Schöpfungen des spanischen Dramas, sondern der spa= nischen Literatur überhaupt. Trotz der unzweifelhaften durchgreifenden Änderungen, die das Stück erfahren hat, entspricht der von ersten Kunstrichtern gerühmten einheit= lichen Konzeption und dem streng logischen Aufbau, die Einheitlichkeit des vortrefflichen Stils; auf die einheitlich und glänzend gefügte Sprache, „paño de la misma tela", haben gerade die zuständigsten Richter, nämlich die spanischen Forscher, hingewiesen, und so dem Korrektor Proaza, der von dem attisch=kastilianischen Stil dieses (einen!) Dichters spricht, recht gegeben.**) Die meisterhafte Sprache weiß selbst die zweideutigsten oder, besser, nur mehr eindeutigen Szenen fein zu umhüllen, bei der Lektüre

---

*) Ausführlicheres über das merkwürdige Buch bei F. Wolf, „Studien", 232—235. Neue Ausgabe des spanischen Textes von Pérez Pastor, Madrid, 1901 (Sociedad de Bibliófilos espa- ñoles, XXXV.).

**) ... en estilo primero de Athenas — como este poeta en su castellano.

wenigstens erträglich zu machen. Die Charaktere sind
psychologisch vertieft und mit fester Hand von Anfang
bis zu Ende gezeichnet; die tragischen wie die komischen,
die vornehmen und die den[unteren Schichten angehörigen)
Typen sind bewundernswert und mit Hilfe unvergleich=
licher Dialektik vorgeführt, so daß wir sie leibhaftig vor
uns agierend glauben: wie es denn der Hauptvorzug
dieses „Stückes von höchster Wahrheit" ist, daß es uns
aus den imaginären Welten, welche die Mehrzahl der
früheren Literaturwerke vorzuzaubern suchten, in volles
pulsierendes Leben versetzt. Es ist nicht so sehr eine
dramatische Novelle, als vielmehr ein wirklich auf dra=
matische Wirkung angelegtes Stück, wenn es auch ob
seiner 21 Akte nicht zur Aufführung (wohl aber zur
Rezitation) bestimmt sein konnte. Die Celestina bietet
uns Schönheiten, die nur der geniale Dichter schaffen
kann, und die eines Shakespeare würdig zu erklären
Ferdinand Wolf kein Bedenken trug.

Der Bedeutung des Werkes entspricht es, daß es
in unzähligen Ausgaben erschien, daß es wiederholt ins
Italienische, Französische, dreimal ins Deutsche (1. Augs=
burg, 1520 bei Sigismund Grym, 2. Augsburg, 1533 bei
H. Stayner, 3. Celestina, eine dramatische Novelle. Aus dem
Spanischen übersetzt von Eduard von Bülow, Leipzig, 1834),
ja auch ins Lateinische übersetzt wurde und die dramatische
wie auch die erzählende Dichtung reich befruchtete.*)

3. Anhang: Cancioneros und Romanceros.

Die Liederbücher, die seit Jahrhunderten als Cancioneros bezeichnet werden, sind Sammlungen verschiedener
kurzer Gedichte und bieten nach diesem äußeren Gesichts=

---

*) Vergl. Schneider, Adam a. a. O. und den Anhang zu
oben S. 32 Anm. zitierten Ausgabe von E. Krapf.

punkte hin. Analogien mit anderen Sammlungen gleich=
falls kurzer Dichtungen, die unter dem Namen Romanceros
bekannt sind. Diese äußere Ähnlichkeit hat bereits in
früher Zeit zu Verwechslungen Anlaß gegeben — die
älteste Romanzensammlung erschien unter dem Namen
„Cancionero de varios Romances". Gleichwohl obwaltet
zwischen den beiden Dichtungsgattungen, zwischen Romance
und Canción ein tiefer Unterschied, sowohl rücksichtlich
ihrer Geschichte und Pflege wie auch rücksichtlich der me=
trischen Form. Die Romanze, im Spanischen el Romance,
ursprünglich gewöhnliche Bezeichnung für die Vulgär=
sprache im Gegensatz zum Latein, später Name für das
in jener abgefaßte Gedicht, galt lange Zeit hindurch als
das früheste Erzeugnis spanischer Poesie, eine Ansicht,
die bis vor kurzem bei dem Mangel sicherer Zeugnisse
ebenso schwer zu beweisen wie zu widerlegen war. Nur
wenige Romanzen sind in Handschriften überliefert, und
auch diese sind verhältnismäßig jung. Wir müssen eine
durch geraume Zeit fortlebende mündliche Romanzen=
tradition voraussetzen; die erste feste Überlieferung hebt
an mit den gedruckten Romanceros generales, deren ältester
gegen Mitte des 16. Jahrhunderts in Antwerpen erschien.
Der Veröffentlichung dieser Romanzensammlung in einem
ganzen Bande ging der Druck einzelner Stücke auf fliegen=
den Blättern voraus, doch auch für diese Art der Über=
lieferung fehlen genaue Daten. Gleichwohl lassen sich
durch richtige Erkenntnis des Gehaltes dieser Poesien
und durch ihre Vergleichung mit den ältesten Denkmälern
der spanischen Literatur gewisse zeitliche Anhaltspunkte
gewinnen. Die frühesten Romanzen sind in der Regel
kurze Stücke episch=lyrischen Charakters; die Erzählung
setzt den Gegenstand im allgemeinen als bekannt voraus,
ist schlicht, kräftig, lebendig, die Darstellung oft sprung=

haft, rasch abbrechend, und in der Regel ist ihr Eindruck
auf den Lesenden, besonders auf den Hörenden, ein un=
gemein tiefer.   Das Metrum der Romanze ist die acht=
silbige Kurzzeile mit trochäischem Rhythmus und Assonanz,
sei es in sämtlichen Versen oder nach dem Schema abab
(Redondillavers).   Auf Grund der eben angedeuteten
Kennzeichen läßt sich die Masse der überlieferten Romanzen
in gewisse Klassen gruppieren und eine Scheidung der
ursprünglichen volksmäßigen Stücke von den künstlichen
Nachahmungen vornehmen.   Demgemäß bilden die erste
Gruppe jene Romanzen, die als alt, unmittelbar volks=
tümlich und ursprünglich oder doch als solche betrachtet
werden können, die, von den Spielleuten nur leicht um=
geformt, sich wenig von dem volkstümlichen Typus unter=
scheiden.*)   Eine zweite Gruppe begreift die Romanzen
novellistischen Inhalts und die sogenannten Romances
históricos fronterizos, d. h. solche, welche Begebenheiten
aus den Kämpfen zwischen Mauren und Christen erzählen.
Gleichzeitig mit diesen erscheint in älterer Zeit, d. h. vor
Erfindung des Buchdrucks, jene Romanze, deren Inhalt
fremden Geschichtskreisen angehört (z. B. dem Karls des
Großen und seiner Paladine).   Eine besondere Gruppe
umfaßt jene späteren Romanzen, die von höfischen Dichtern
in bewußter Nachahmung der alten Muster gedichtet
wurden, und in denen der volkstümliche Ton mitunter
vorzüglich getroffen erscheint.   Eine bereits von Milá y
Fontanals angebahnte und kürzlich durch Ramón Menéndez
Pidal überzeugend durchgeführte Untersuchung hat dar=

---

*) So unter den Cidromanzen „Afuera, afuera Rodrigo";
„Cabalga Diego Lainez"; „En Burgos está el buen Rey" u. a.
Weitere Beispiele dieser Gruppe wie auch der übrigen Klassen
findet der deutsche Leser lichtvoll zusammengestellt in dem Auf=
satze F. Wolfs „Über die Romanzendichtung", Ticknor II, 479 ff.

getan, daß die ältesten und volkstümlichsten Romanzen
ihrem Inhalte nach keine Originalschöpfungen sind, sondern,
wie aus dem Vergleich mit den alten epischen Helden-
gesängen schlagend erhellt, nichts anderes als einzelne
losgelöste Stücke aus denselben, also eine Art Fortsetzung
des altepischen Sanges. Das Ergebnis der erwähnten
Forschungen, eines der bedeutendsten, das in letzter Zeit
auf dem Gebiete altspanischer Literaturgeschichte erzielt
wurde, ist unumstößlich sicher. „Cette source", sagt der
erste zeitgenössische Literarhistoriker Frankreichs mit Rücksicht auf die Romanzen von den Infanten von Lara,
„ici comme ailleurs, doit être uniquement cherchée dans
les chansons de geste de la dernière époque; les
romances sont les héritières legitimes et directes des
chansons de geste, comme filles, non des poèmes pri-
mitifs qui ne se récitaient plus, mais de leurs derniers
renouvellements."*)

Hält man an der eben angedeuteten Eigenart und
Geschichte der Romanzen fest, so heben sich die Cancioneros
von den Sammlungen jener Poesien mit aller Schärfe ab.
Die Canción gehört ihrer Schöpfung nach den höheren
Gesellschaftsklassen an, ist Frucht von Studium und
Überlegung und trägt einen (den Zeitströmungen in den
Kulturländern Europas angepaßten) Charakter. Die
Poesien der Cancioneros sind daher von weniger lokalem
oder nationalem Gepräge; die provenzalischen und ita-
lienischen Vorbilder werden nachgeahmt, man holt sich
von ihnen Anregung und Form, wenn auch dem heimischen
Geiste bei diesen Schöpfungen auf spanischem Boden
Rechnung getragen wird. Die Romanzenpoesie ist episch,
erzählend, der lyrische Gehalt äußert sich in starken, grellen

---

*) Paris, Gaston: La Légende des Infants de Lara
(Extrait du Journal des Savants, 1898) 25.

Empfindungen, die Cancionendichtung trägt dem feineren lyrischen Gefühl Rechnung, ist manchmal sentimental und fast modern nervös, manchmal überlegend und philosophisch. Die Romanze „in der Kühnheit weise, in der Ruhe herzlich rührend, im Abenteuerlichen und Phantastischen natürlich und einfältig, im scheinbar Kindischen oft unergründlich tief" *), weilt mit Vorliebe bei der Erzählung erschütternder Ereignisse und kriegerischer Taten. Die Canción gilt als Probe literarischer Bildung und schmückt sich mit allerlei ausgeklügelten Künsteleien. Daher die Geringschätzung, mit welcher der höfische Dichter über die Romanzendichtung urteilt: „Am tiefsten stehen jene", heißt es in dem mehr= fach angeführten Briefe Santillanas, „welche ohne jede Ordnung, Regel noch Maß jene Romanzen und Lieder ver= fertigen, an denen sich die Leute niedrigen und bienenden Standes ergötzen." Der Hidalgo sieht von oben auf den Spielmann, auf den armen Blinden herab, der die Romanze singt, natürlich auch auf jene, die für sie und die hörende Menge schaffen. Die Romanzendichtung verwendet den achtsilbigen Redondillenvers, die höfische Poesie versucht sich in fast allen vorhandenen heimischen und ausländischen Maßen, meidet aber gerade den Achtsilber.

Auch in Bezug auf die Überlieferung machen sich bezeichnende Unterschiede zwischen den beiden Dichtungs= arten bemerkbar. Die Romanze wird, wie erwähnt, fast gar nicht handschriftlich überliefert; in der dritten Dekade des 16. Jahrhunderts beginnt man, einzelne dieser Ge= dichtchen auf fliegenden Blättern zu drucken, und erst um die Mitte des 16. Jahrhunderts erscheint (ohne Jahres= angabe) der Cancionero de Romances zu Antwerpen, 1550 ein solcher ebenda (wie der frühere, undatierte) von

---

*) Schlegel, August Wilhelm von: Sämtliche Werke, herausgegeben von E. Böcking, VIII, 1846, 82.

Martin Nucio (Nuyts) gedruckt, dann, 1550 und 1551, die Silva de Romances in drei Teilen, gedruckt von Estéban de Nájera. Im Jahre 1600 tritt dann der Romancero general hervor, dem sich weitere Ausgaben (1602, 1604, 1605, 1614) anschließen. Eine außerordentlich reiche Zahl spanischer Werke war bereits durch die Kunst des Buchdrucks vervielfältigt worden, bevor man daran ging, die Denkmäler der epischen Dichtung Kastiliens allgemein zugänglich zu machen, jener Dichtung, die als eine der volkstümlichsten unter allen modernen Literaturgattungen gelten darf, die als „the richest mine of ballad poetry in the world" (Fitzmaurice-Kelly) die Unabhängigkeit spanischer Dichtung seit ältester Zeit glänzend erhellt und ihren befruchtenden Einfluß bis in spätere Jahrhunderte bewahrt hat. Ist man doch in letzter Zeit mit glücklichem Erfolg darangegangen, die Verarbeitung alter Romanzen in den spanischen Dramen methodisch zu verfolgen, so bei den frühesten Beispielen solcher Verwertung, bei der Comedia de la muerte del rey D. Sancho des Juan de la Cueva, bei der anonymen „Comedia de los famosos hechos de Mudarra", insbesondere bei Lope de Vega.*) Erwähnt sei noch, daß die Romanzen über die Helden der Cantares, über den Cid und die Infanten von Lara, in gesonderten selbständigen Romanceros veröffentlicht wurden.

Der Unterschied zwischen dieser Überlieferung und jener der Cancioneros ist augenfällig genug. In Nachahmung der provenzalischen Liederbücher und der galicischen Cancioneros (der poetischen Gesellschaft am Hofe der Könige Alfons III. und Diniz, sowie Johann II. und Emanuel von Portugal, Cancioneiro geral de Garcia de

---
*) Menendez y Pelayo, Marcelino: Antologia IX., 259 ff.: Romances que se han conservado por medio del teatro.

Resende) werden auch in Kastilien Liederbücher, Samm=
lungen flüchtiger Produkte höfischer Dichtung, angelegt
und den vornehmen Kreisen, aus denen sie hervorgehen,
entsprechend, gleich in prächtigen, reich ausgestatteten
Handschriften aufgezeichnet. Ein solches Liederbuch ist
die Sammlung, welche Juan Alfonso be Baena dem
König Juan II. von Kastilien im Jahre 1445 widmete.*)
Baena, Sekretär des Königs, greift bei der Wahl der
Dichtungen auf die poetischen Hervorbringungen am Hofe
Juan I. und Enrique III. zurück, und auch Dichtungen
in galicischer Mundart sind in seinem Liederbuche ver=
treten. Die Auswahl ist ziemlich bunt — es ist eben
diese Sammlung als Cancionero des literarischen Hofes
Juan II. zu betrachten. Auf einen bestimmten Dichter=
kreis bezieht sich auch das Liederbuch, das unter dem
Namen Cancionero de Lope de Stúñiga bekannt ist**)
und die Gedichte jenes literarischen Kreises vorführt, der
sich um Alfons V. in Neapel versammelt hatte; auch sie
sind Kunstprodukte, denen die unmittelbare Beziehung auf
das Leben und seine Ereignisse mangelt: Liebeslieder,
die eingebildetes Leid und fiktive Wonne besingen, höfische
Einfälle u. a. m.

Diesen ältesten Cancioneros schließt sich eine sehr
große Zahl anderer an, die in verschiedenen Bibliotheken
(zu Madrid, Paris, London, München, Rom) aufbewahrt

*) El Cancionero de Juan Alfonso de Baena (Siglo XV)
Ahora por primera vez dado á luz, con notas y comentarios,
Madrid, 1851. Dem Texte geht eine gehaltvolle Einleitung des
Marques P. J. Pidal voran. (Wiederabgedruckt von Francisque
Michel, Leipzig, 1860.)

**) Cancionero de Lope de Stúñiga, codice del Siglo XV.
Ahora por vez primera publicado. Madrid, 1872. Der Titel
ist nicht zutreffend, Stúñiga nur der Reigenführer in dem viel=
stimmigen Chorus.

werden und teils Dichtungen einer größeren Anzahl ver=
schiedener Autoren aus verschiedenen Perioden, teils nur
Poesien einzelner Dichter (Santillana, Juan del Enzina,
Gómez Manrique) enthalten. Im Jahre 1511 erschien
zu Valencia die erste Ausgabe der umfangreichen Samm=
lung: Cancionero general de muchos e diversos autores.
Das Liederbuch gibt trotz seines großen Umfanges kein
richtiges Bild von der außerordentlichen poetischen Frucht=
barkeit, die sich gerade im 15. Jahrhundert auf dem spa=
nischen Boden entfaltete. Die Tätigkeit hervorragender
Schriftsteller, eines Gómez Manrique oder Juan del Enzina
läßt sich aus dem Cancionero general nicht erkennen;
andere, zum Teil bereits erwähnte Quellen müssen heran=
gezogen werden, um diese Lücke auszufüllen. Andererseits
zeichnet sich wieder der Cancionero general durch einen
Vorzug aus, dessen die handschriftlichen Liedersammlungeu
zumeist entbehren. Hernando del Castillo, der Heraus=
geber des Cancionero general, hat eine stoffliche Ein=
teilung versucht. Die der Erbauung und Moral ge=
widmeten Gedichte machen den Anfang, ihnen folgen
die Cancionen und Romanzen, dann Proben anderer
Gattungen der höfischen Kunstpoesie (die „invenciones“
und Briefe der Wettbewerber im Dichterstreit, die „Glossen“,
ländlichen Gedichte, Fragen), den Schluß bilden scherzhafte
Gedichte. Diese umfangreiche Mischsammlung von Pro=
dukten höfischer Dichtung aus der Zeit Juan II. bis
Karl V. ist in wiederholten Ausgaben verbreitet worden.

Sowohl das durch Herder*) und die Romantiker
angeregte Studium der Romanzen wie auch das der

---

*) Herders Cid, Die französische und die spanische Quelle.
Zusammengestellt von A. S. Voegelin, Heilbronn, 1879. Die
Ausgabe gewährt ein treffliches Hilfsmittel zur Beurteilung des
Textes der Herderschen, zunächst nach französischer Vorlage vor=

Cancioneros hat erfreuliche Fortschritte gemacht und eine immer noch im Wachsen begriffene Literatur von Aus=gaben, Aufsätzen, Bibliographien u. f. w. erstehen laffen.*)

Die Blütezeit unter den Habsburgern.

1. Lyrik, Epos, Roman.

Spanien zeigt im 16. und 17. Jahrhundert ein Bild geistiger Bewegung, wie es zu jener Zeit kein anderes Land in gleicher Mannigfaltigkeit und Fülle aufzuweisen

genommenen Übersetzung und gibt in der Einleitung Nachricht von den früheren Forschungen über den Gegenstand (H. Dünzer, R. Köhler).

*) Heute noch wertvoll sind die Abhandlungen Ferdinand Wolfs über die Romanzenpoesie der Spanier, die in den „Studien" wiederabgedruckt wurden, ferner: „Über die Romanzendichtung in Spanien" und „Über die Lieberbücher (Cancioneros) der Spanier" in Ticknors Geschichte der schönen Literatur in Spanien, Bd. 2, Beilage 3 u. 4. Verzeichnis älterer Literatur bei Milá y Fontanals, Poesia heróico-popular, S. 1—106: „Literatura de este ramo de poesia", natürlich mit eingehender Berück-sichtigung der Romanzen. Eine ausführliche Bibliographie der Romanceros beginnt Menendez y Pelayo in dem Nachtrag zum Wiederabdruck der Romances viejos castellanos (Primavera y flor de romances) von Wolf-Hofmann (mit trefflicher Einleitung), Antologia, Bde. VIII, IX (Bd. IX 281 ff: Bibliografía y vari-antes de los primitivos romanceros); die neueren Forschungen und Entdeckungen auf diesem Gebiete, so von Carolina Michaëlis, Karl Vollmöller u. a. werden wohl in dem XI. Bd. der Antologia Würdigung finden; der zuletzt erschienene X. Bd. enthält Romances populares recojidos de la tradición oral. Beiträge zur Literatur der Lieberbücher lieferten zuletzt u. a. Menendez y Pelayo, Anto-logia I, VII ff.; VI, CCCLXXXV ff., sowie Muffafia, Adolfo: Per la bibliografia dei Cancioneros spagnuoli, Wien, 1900 (Denk-schriften der kaif. Akad. d. Wissensch., XLVII).

hatte. Die Darstellung dieser Blüteperiode läßt sich von der Geschichte der inneren und äußeren politischen Ereignisse nicht trennen. Bezeichnend ist, daß Kardinal Ximenes de Cisneros, der in Spanien für den minder=jährigen Karl V, die Regentschaft führte und durch weise Maßregeln das von den katholischen Königen begonnene, auf finanzielle, administrative und militärische Organisation abzielende Kräftigungswerk fortführte, gleichzeitig ein Mäcenas im besten Sinn, ein Förderer von Wissenschaft und Kunst war. Unter Karl V. wird Spanien Welt=monarchie; spanische Krieger durchziehen die meisten Länder Europas, und in anderem Sinne als später einmal konnte damals gesagt werden, daß es keine Pyrenäen mehr gebe.*) Vor allem tritt Spanien mit Deutschland in Wechselbeziehung. Hierdurch werden die humanistischen Studien in Spanien mächtig belebt**), auch der Protestantismus hält trotz der Bollwerke, welche der in der Inquisition verkörperte Stolz auf den ange=stammten Glauben und die Abneigung gegen alles Fremd=

---

*) Neben den bereits genannten Werken von Croce und Schneider vergl. Farinelli, Arturo: Die Beziehungen zwischen Spanien und Deutschland in der Literatur beider Länder, Spanien und die spanische Literatur im Licht der deutschen Kritik und Poesie, Berlin, 1892; Deutschlands und Spaniens literarische Beziehungen, Zeitschr. f. vergl. Literaturgesch., Neue F. VIII, 318—407; Foulché-Delbosc, R.: Bibliographie des voyages en Espagne et en Portugal (Revue Hispanique II, 1896), dazu die Nachträge von Farinelli: Apuntes sobre viajes y viajeros por España y Portugal, Revista crítica de historia y literatura españolas II, 1898); Más apuntes, Revista de Archivos, 1901 und 1902.

**) Graux, Charles: Essai sur les origines du fonds grec de l'Escurial. Épisode de l'histoire des lettres en Espagne. Paris, 1880. Ju diesem trefflichen Werk ist ein großer Teil des einschlägigen Materials verwertet.

ländische der ketzerischen Invasion entgegensetzte, seinen
Einzug.*)

Die mächtige Bewegung im Stammlande des Welt=
reiches erstreckt sich auf alle Gebiete geistigen Schaffens,
nicht bloß auf das der Literatur, wo Lyrik, Epos, Roman
ungeahnte Entwicklung erfahren, namentlich das Drama
in einem Reichtum prangt, der den aller übrigen Völker
zusammengenommen übertrifft; gleich hohe Blüte und
Vollendung erlangt die bildende Kunst. Nicht als
Corrolar zur Entwicklung dieser und des Schrifttums,
sondern als selbständige, ja die Blüte jener Erscheinungen
bedingende kulturelle Kraft stellt sich Spaniens Arbeit
auf dem Gebiete der exakten Wissenschaften dar. Diese
Tätigkeit ward auf Grund unwiderleglicher Zeugnisse in
letzter Zeit trefflich dargestellt; in der Einleitung ist an=
gedeutet worden, was die Spanier zu Beginn der Neuzeit
auf dem Gebiete der Arithmetik, Geometrie, Geodäsie,
Astronomie, Hydrographie, Physik, Chemie, Botanik u. s. w.
geschaffen, zum Teil bahnbrechend geleistet haben. So
entspricht denn auch die edelste Ergänzung dieser Leistungen,
die schöne Literatur, in Ausbreitung und Glanz der Größe
des Reiches, in dem die Sonne nicht unterging.

Bemerkenswert ist der Umstand, daß zunächst nicht
die großen zeitgenössischen Ereignisse im Epos gefeiert
werden, sondern die persönlichste aller Dichtungsgattungen,
die Lyrik, ihre Hochblüte erreicht; wobei der auffällige
Umstand zu verzeichnen ist, daß die ersten Dichtergrößen
des stolzen, zur Weltstellung berufenen Volkes Maß und
Form für ihre Schöpfungen aus der Fremde holen. Die
Nachahmung des italienischen Sonetts um die Mitte des

_____

*) Wiltens, Cornel August: Geschichte des spanischen
Protestantismus im 16. Jahrhundert, Gütersloh, 1888. S. 1 f.
und in den Noten reiche Literaturangaben.

15. Jahrhunderts war ein literarischer Einfall Santillanas gewesen und in Vergessenheit geraten. Juan Boscán († 1542), Garcilaso de la Vega (1503—1536) und Diego Hurtado de Mendoza (1503—1575) führen diese Nachahmung bewußt durch.

Juan Boscán Almogaver, aus edlem Geschlecht stammend und schon in jungen Jahren im Kriegshandwerk wohlgeübt (etwa 1493 geboren, diente er noch unter Ferdinand dem Katholischen, starb 1542), zeichnete sich gleichfalls frühzeitig durch treffliche Bildung aus und wußte sich am Hofe Karl V. zu Granada, den er 1519 aufsuchte, eine angesehene Stellung zu schaffen, die ihn für das Erzieheramt beim Herzog Alba (1520) geeignet erscheinen, 1526 in innige Beziehungen zum venezianischen Gesandten am spanischen Hofe, Andrea Navagiero, treten ließ. Diesem dankt Boscán die Anregung zu den „cosas hechas al modo Italiano", zum Sonett, zur Terzine, wie zur Ottava rima, dem Versmaß des Gedichts, in dem er den Hof von Amor und Zelos (Eifersucht) schildert und auch Gelegenheit findet, Bemerkungen über zeitgenössische, wie auch frühere Poeten einzuflechten.*) Fast ein ganzes Jahr (1533) verwendete Boscán auf die Übersetzung des „Cortegiano" des Baltasar Castiglione (1526 apostolischer Nuntius bei Karl V.), eine Arbeit, die er nur ungern, auf Zureden seines Jugendfreundes Garcilaso de la Vega unternahm.

Dieser, gleichfalls Krieger im Heere Karls V., mit der Dichtung des von ihm wiederholt besuchten italienischen

---

*) Las obras de Juan Boscán. Madrid, 1875 (Ausgabe mit biographischer Einleitung und bibliographischem Anhang von W. J. Knapp.) Über die Boscán (und Garcilaso) betreffende Literatur vergl. Baist im Grundriß d. rom. Philologie, II, 2, 449 Anm. 1.

Nachbarreiches vertraut, geht in der Nachahmung ita=
lienischer und lateinischer Muster noch weiter, ohne in
der Stoffbehandlung an Natürlichkeit einzubüßen. In
der metrischen Technik übertrifft er Boscán, an Wohllaut
und zartem Ausdruck, der namentlich die Vergil nach=
gebildeten Eklogen auszeichnet, steht er in Spanien fast
unerreicht, wird von Bembo hochgeschätzt, als Príncipe
de los Poetas, reformador del Parnaso español gefeiert,
findet bald in verschiedenen Schriftstellern — nicht den
letzten, so in Sanchez de las Brozas, Fernando de
Herrera, Tamayo de Vargas — Kommentatoren; diese
Ehre war bis dahin nur den alten Klassikern zuteil ge=
worden.*)

Zu dem engeren Kreise der von Boscán und Garcilaso
begründeten Schule der sogenannten Petrarchisten gehören
außer dem bereits genannten Diego Hurtado de Mendoza
noch Gutierre de Cetina, Gregorio de Silvestre, Fernando
de Acuña u. a. m. Auch in Sevilla findet jene neue
Richtung Eingang, wo Fernando de Herrera († 1597)
den Mittelpunkt eines Dichterkreises bildet; Herrera ist
wohl der einzige, der den Meister und das bewunderte
Vorbild der Schule, Garcilaso, an Schwung echt poetischer
Begeisterung fast erreicht, in der fremden Form seiner
Lieder, namentlich der politischen, den nationalen Geist
prächtig zum Durchbruch gelangen läßt.

Die neue Richtung fand einen begeisterten Vertreter
in Fray Luis Ponce de León (1527—1591) aus Bel=

---

*) Eine gute Ausgabe der Poesien Garcilasos (Sonette,
Elegien, Cancionen, Eklogen), die gewöhnlich als 4. Buch den
drei Büchern Boscáns beigefügt werden, fehlt. Im übrigen
vergleiche man: Fernandez de Navarrete, Eustaquio: Vida del
célebre poeta Garcilaso de la Vega, Madrid, 1850.

monte in der Mancha, Augustiner, Professor der Theologie
an der Hochschule Salamanca; er wurde ein Opfer seiner
literarischen Rivalen, die ihn, den überlegenen Exegeten,
beneibeten, sowie der von diesen aufgestachelten Inquisition,
die den Gelehrten wegen seiner Übersetzung des Hohen Liedes
fünf Jahre in Haft hielt.*) Der endliche Freispruch rehabi=
litierte den tiefernsten, gut katholischen, gut spanischen Denker,
als der er sich in seinen Werken offenbart. Die Heilige
Schrift bildet den Mittelpunkt seiner lateinischen und
spanischen Prosaschriften; die letzteren (Exposición del
libro de Job und del Cantar de los cantares, seine Ver=
teidigungsschriften, die man nicht ohne Rührung lesen
kann, sowie andere kleinere Arbeiten) zeigen ihn als vortrefflichen Stilisten. Seine Gedichte umfassen, außer Über=
setzungen und poetischen Bearbeitungen einzelner Teile
der Werke des Vergil, Horaz, Pindar, ferner der Psalmen
und des Hohen Liedes, etwa vierzig Originalpoesien.
Gegenüber Boscán und Garcilaso, den Welterfahrenen,
ist Ponce de León der Sänger des Gelehrtenglücks, des
idyllischen Stillebens: „Er schuf dichterisch fast unbewußt.
Wie Vögel singen, Blumen blühen, Sterne leuchten,
so quillt aus unmittelbarer Begeisterung sein Lied hervor.
Der gütige Gott diktiert es, der Dichter ist nur das
Werkzeug, das dem Ergusse der poetischen Kraft das
Wort bietet." (Wilkens.) In der Tat weisen die selb=
ständigen Lieder, namentlich die Oden in den kastilischen
Maßen, ferner unter den patriotischen Gesängen besonders
die Profecía del Tajo (in der die Eroberung Spaniens
durch die Mauren prophezeit wird) dem Augustinerdichter

---

*) Reusch, Heinrich: Luis de León und die spanische In=
quisition, Bonn, 1873. S. 22 ff. vortreffliche Bibliographie der
Schriften Ponces.

einen hervorragenden Platz in der spanischen Literatur=
geschichte an.*)

Nicht bloß die örtliche Ausbreitung dieser neuen
Strömung auf dem Gebiete der lyrischen Poesie, auch der
Umstand, daß die Nachahmung der italienischen Form
durch die zunächst in Betracht kommenden Vertreter nicht
ins Bizarre gezogen, sondern verfeinert und vertieft
wurde, begründete den großen Einfluß der Petrarchisten,
ließ aber auch die Rückwirkung eintreten, die bei dem
selbständig und eifersüchtig seine Eigenart wahrenden
spanischen Volke vorauszusehen war. Der Romanzenvers
war nicht vergessen und wurde von einer Reihe von
Dichtern gepflegt, unter denen zunächst Cristóbal de
Castillejo zu nennen ist. War Castillejo (geb. 1490 oder
1491 in Ciudad=Rodrigo) auch während seiner letzten
Lebenszeit (1525—1556) seinem Heimatlande entrückt,
als Sekretär Ferdinand I. in Wien ansässig**), so hat
er doch durch gelungene Verspottung der Nachtreter des
estilo italiano, mehr noch durch die Gewandtheit, mit der
er die alten Kunstformen handhabte, Einfluß geübt und
die Bestrebungen der Anti=Petrarchisten gefördert. Seine
zarten und gefälligen Liebeslieder an „Anna" fallen in

---

*) Wilkens, Cornel August: Fray Luis de León. Eine
Biographie aus der Geschichte der spanischen Inquisition und
Kirche im 16. Jahrhundert, Halle, 1866, bietet Kap. III (135 ff.)
eine warme Würdigung des dichterischen Schaffens Ponces unter
Mitteilung guter Übersetzungsproben.

**) Der Dichter ist, wie sein in der Neuklosterkirche in
Wiener Neustadt befindlicher und von Ferdinand Wolf in den
Sitzungsberichten der Kais. Akademie der Wissenschaften 1849
(Phil.=hist. Klasse, Bd. II, S. 311) veröffentlichter Grabstein er=
schließen läßt, am 12. Juni 1556 in Wien gestorben. Über
Castillejos schriftstellerische Tätigkeit s. a. Wolf, Sitzungsberichte
1850 (Bd. V, 134 ff.) und die Anm. zu Ticknor I, 393.

die Jahre 1528—1530 und beziehen sich auf Anna von Schaumburg, spätere Gattin des Grafen Erasmus von Starkenberg. Castillejos Hauptkraft liegt aber in der eindringlichen Darstellung der Erscheinungen des wirklichen Lebens, auch der Volkssitten, vor allem in der Satire, die sich, wie bemerkt, gegen die Nachahmer der italienischen Weisen richtet. Daß dieser Kampf sehr erfolgreich gewesen, läßt sich nicht behaupten. Neben Castillejo blieb auch Sebastian de Horozco den alten angestammten Weisen treu. Die Größen der späteren Zeit, wie Lope de Vega, wußten, dem gewählten Stoffe entsprechend, beiderlei Maße, die italienischen wie die heimischen, abwechselnd zu verwenden. Lopes Romanzen, auch sein erzählendes Gedicht San Isidoro (Patron von Madrid) wenden, wie dies durch den Stoff geboten war, die nationale Weise an, „La Jerusalem conquistada" und „La hermosura de Angelica", von Lope als Fortsetzung des Orlando Furioso bezeichnet, sind aus ebenso naheliegendem Grunde in italienischen Oktaven abgefaßt.

Im Vergleich zu den bedeutendsten Schöpfungen der lyrischen Dichtung sind die epischen Hervorbringungen jener Zeit minderwertig zu nennen. Die blendende Gestalt des „Cesar", die ungeahnten Eroberungen und immer neu sich ergebenden Entdeckungen in fremden Weltteilen waren wohl geeignet, die Gemüter mächtig zu erregen — der sangesmäßige Ausdruck für die durch die gewaltigen Ereignisse hervorgerufene Bewegung ist diesen nicht ebenbürtig; die epischen Versuche der damaligen Zeit erreichen nicht die Höhe der Lusiados des Camões, sind mit geringen Ausnahmen nicht viel mehr als gereimte Chroniken ehrenwerter und strebsamer Schriftsteller, wie der Carlos famoso des Luis de Zapata († 1600), der Carlos victorioso des Gerónimo de Urrea, die Carolea

4*

des Gerónimo Sempere. Das einzige epische Gedicht,
das Aufmerksamkeit verdient, ist die Araucana des Alonso
de Ercilla y Zuñiga. Der Verfasser, 1533 zu Madrid
geboren, befand sich in seiner Jugend unter dem Gefolge
des Erbprinzen Philipp und begleitete diesen auf seinen
Reisen während der Jahre 1547—1551. Im Alter von
22 Jahren zog er nach Chile und fand dort, während
er an der Bekämpfung eines Aufstandes der Eingeborenen
gegen die Spanier teilnahm, mitten in den Kriegszügen
Zeit, einen großen Teil des Sanges zu schreiben, der
diese Kämpfe verherrlichen sollte. Unter mancherlei Ent=
behrungen vollendete Ercilla das Gedicht in der Heimat.
Er stand wohl vorübergehend in Diensten Kaiser Rudolf II.,
doch der Fürst, dem er in seinen Jugendjahren gedient,
Philipp II., hatte ihm seine schützende Hand entzogen.
Die Araucana, die von Voltaire den Werken Homers,
Vergils, Tassos und Miltons an die Seite gestellt wird,
ist eine Geschichte in Versen; die Nachahmung des Orlando
furioso und der Gerusalemme liberata ist deutlich, ebenso
die Tatsache, daß das Gedicht in seiner nüchternen,
phantasielosen Darstellung („Va la verdad desnuda de
artificio Para que más segura pasar pueda", „Die Wahr=
heit erscheint entblößt von kunstvollem Beiwerk, damit sie
sicherer ihres Weges ziehe") weit hinter diesen Urbildern
zurückbleibt; an diesem Gesamturteil können Würde und
Schönheit einzelner Episoden nichts ändern.

Die eigentliche dichterische Begabung des spanischen
Volkes zeigt sich während der Glanzzeit vornehmlich auf
zwei Gebieten: auf dem des Romans und dem des
Dramas. Die Prosafiktion zeitigt zunächst eine Gattung,
die ganz eigentlich als spanisches Gut zu bezeichnen ist:
die Novela picaresca, den Schelmenroman (fast durchweg
fingierte Autobiographien), der um die Mitte des 16. Jahr=

hunderts mit der höchst merkwürdigen Vida de Lazarillo de Tormes auftaucht.*) Schon früh war in der spanischen Literatur die Figur des Pícaro (Schelm) bekannt (nicht der Name, der erst in der zweiten Hälfte des 16. Jahrhunderts gebräuchlich wird).**) Der Erzpriester von Hita hat einen Diener, der sich durch vierzehn Eigenschaften auszeichnet; er ist lügenhaft, diebisch, erpicht auf Essen und Trinken, streitsüchtig, schmutzig, faul u. f. w. Ein Abkömmling jenes Trefflichen, nicht aus der Art geschlagen, vielmehr nato e sputato, ist der Lazarillo; seine „Fortuna y adversidades" läßt der Verfasser ihn selbst erzählen. Doch liegt in den Schicksalen des Helden nicht die eigentliche Bedeutung der kurzen Erzählung. Sie bietet nach einer Richtung hin ein soziales Zeitbild, zeigt, wie ein armer Schlucker, der zum „königlichen Ausrufer" avanciert und Zeuge der glänzenden Siegesfeste Karl V. war, dachte, „weist die Kehrseite der Münze vor und schildert das spanische Volk, das die Zeche bezahlen mußte, die Armut des gemeinen Mannes" (Lauser, Einleitung zum Lazarillo de Tormes). Zu beachten ist aber, daß eben nur eine, die Reversseite, uns zugewendet und stark ins Relief gesetzt wird. Wieviel in Spanien gerade zu jener

---

*) Die erste bekannte Ausgabe der wohl nicht gar lange nach 1525 verfaßten Schrift wurde anfangs 1554 gedruckt, heißt aber bereits corregida y de nuevo añadida, setzt daher eine frühere Ausgabe voraus. Vergl. Foulché-Delbosc, R.: Remarques sur Lazarille de Tormes, Revue Hispanique VII (1900), 81 ff. Eingehende Studien über das Buch veröffentlichten Morel-Fatio, A.: Recherches sur Lazarille de Tormes (Études, I², 109 ff.) und Lauser, Wilhelm: Der erste Schelmenroman. Lazarillo von Tormes. Stuttgart, 1889 (vortreffliche Verdeutschung des Textes mit sachlichem und bibliographischem Kommentar).
**) Haan, F. de: Pícaros y Ganapanes (Homenaje à Menéndez y Pelayo II, 149 ff.) bietet eine beachtenswerte Studie über den Pícaro in der spanischen Literatur.

Zeit wahrhaft und ehrlich gearbeitet wurde, haben die
einleitenden Zeilen angedeutet. Der Lazarillo ist so
wenig Gesamtbild der spanischen Gesellschaft aus dem
Anfang des 16. Jahrhunderts, wie etwa „Nana" ein
solches der französischen Gesellschaft aus dem Ende des 19.
Was uns fesselt, ist die Ursprünglichkeit der ungewöhnlich
anschaulichen Erzählung, die sich auf tiefe Kenntnis des
Elends und der Schäden der verschiedenen Gesellschaftsklassen (des Bettlers, des Geistlichen, des verarmten Edelmannes, des Ablaßkrämers u. s. w.) gründet. Ander-
weitig bekannten Anekdoten, die verwertet sind, wurde
durch die neue Einkleidung Frische und Lokalfarbe ver-
liehen. Daß das Buch nicht von Diego Hurtado de
Mendoza, der lange Zeit als Verfasser galt, stamme, haben
A. Morel-Fatio und W. Lauser überzeugend nachgewiesen.
Das Leben jenes glänzenden Vertreters eines altadeligen
Geschlechts, der auf der Menschheit Höhen wandelte und
wohl niemals Gelegenheit hatte, das Leben der Enterbten
wirklich kennen zu lernen, „bietet nirgends eine Lücke,
wo ein Werk wie Lazarillo unterzubringen wäre" (Lauser).
Das Buch bleibt anonym; seine anti-klerikale Tendenz
ließ den Autor im Kreise der Reformfreunde, der Eras-
mianer, suchen, doch liest man schon in dem zwei Jahrhunderte älteren Libro de buen amor des Erzpriesters
von Hita über Heuchelei und Habgier der Geistlichkeit
(Coplas 477 ff.) Dinge, die nicht leicht schärfer gesagt
werden können, im Lazarillo nur weiter ausgesponnen
und den Zeitverhältnissen angepaßt sind.

Eine Fortsetzung der Abenteuer des Lazarillo, eben-
falls von einem unbekannten Verfasser, ist 1555 in Antwerpen veröffentlicht worden. Der Erfolg dieses ersten
Schelmenromans war außerordentlich und reizte zur Nachahmung. Unter dem Titel Atalaya (Wartturm) de la

vida humana erzählte Mateo Aleman aus Sevilla 1599
die Abenteuer eines ähnlichen Schelmen, Guzman de
Alfarache, und hatte bald unter demselben literarischen
Mißbrauch zu leiden wie der Verfasser des Don Quixote.
Unter dem Pseudonym Mateo Luxan de Sayavedra ver-
öffentlichte, bevor Aleman den zweiten Teil seiner Atalaya
herausgegeben hatte, Juan Marti aus Valencia 1603 einen
zweiten Teil des Buches. Dieser Eingriff veranlaßte
nun Mateo Aleman, seine Eigentumsrechte zu wahren,
den zweiten Teil des echten Guzman de Alfarache zu
schreiben und Luxan de Sayavedra als Dieb und Gauner
hinzustellen. Im Gegensatz zum kernigen Stil, durch
den sich der Lazarillo empfiehlt, ist die Sprache Alemans
von gelehrter Fülle und Weitschweifigkeit. Den Gipfelpunkt
des Absonderlichen und der gesuchten Unverständlichkeit
erreicht ein anderer Roman dieser Gattung, La picara
Justina, welchen der Dominikaner Andres Perez aus León
1605 unter dem falschen Namen Francisco López de Ubeda
herausgab.

Die große Beliebtheit, deren sich die Schelmenromane erfreuten, zeigt sich zunächst in der reichen Zahl
von Nachahmungen, die sich an die ebenerwähnten ersten
Erscheinungen auf diesem Gebiete anschlossen.*) Ein
stilistisches Meisterwerk, jedoch stofflich an den Lazarillo
nicht heranreichend, ist des Francisco de Quevedo y Villegas
Erzählung: „Lebensgeschichte des Spitzbuben Don Pablos".
Es fehlen ihm die feinen Züge, die den ersten Schelmenroman auszeichnen; verschiedene Anzeichen (so auch die
Vorliebe für Schüler- und Studentenstreiche) weisen darauf
hin, daß der Tacaño ein Jugendwerk Quevedos ist;
wahrscheinlich bald nach 1600 verfaßt, erschien die Schrift

*) Schultheiß, Albert: Der Schelmenroman der Spanier
und seine Nachbildungen, Hamburg, 1893.

erft 1626 (in Zaragoza) und gewann, wie die zahlreichen
Ausgaben bezeugen, rafch große Verbreitung. Im Jahre
1618 erfchienen zu Madrid die Relaciones de la vida del
Escudero Marcos de Obregon, verfaßt von dem auch als
Lyriker bekannten Vicente Espinel. Der Held der Erzählung verläßt in jungen Jahren das väterliche Haus,
um fein Glück zu fuchen, wird Student, Kriegsmann,
befucht Italien, lebt eine Zeitlang als Gefangener in
Algier und bereift fchließlich einen großen Teil Spaniens.
Diefem Buche hat Lefage manche Züge feines Gil Blas
entnommen; die ganzen Relaciones wurden von Tieck ins
Deutfche überfetzt.*) Ihm und dem Lazarillo ftofflich
nahe verwandt ift auch El donado hablador Alonso, moço
de muchos amos, verfaßt von einem Arzte aus Segovia
Gerónimo de Alcalá Yañez y Ribera. Obgleich in Dialog=
form, ift die Schrift dennoch eine Autobiographie, die
uns die Schickfale des Helden als Diener eines Offi=
ziers, eines Meßners, eines Advokaten u. a. fchildert.
Diefem erften 1624 erfchienenen Teil folgte 1626 eine
Fortfetzung, die von den Abenteuern Alonfos unter den
Zigeunern und feiner Gefangenfchaft in Algier berichtet.
Verwandt mit diefen Autobiographien ift auch die zuerft
1646 in Antwerpen, dann 1652 in Madrid erfchienene
Vida y hechos de Estevanillo Gonzalez, hombre de buen
humor, compuesta por el mismo. Die Schelmenromane,
für die Spanien unbeftritten das urfprüngliche Eigen=
tumsrecht geltend machen kann, fanden in Frankreich,
Italien, England und Deutfchland vielen Beifall; Nach=
wirkungen derfelben find die Werke Grimmelshaufens,

---

*) Leben und Begebenheiten des Escudero Marcos Obregon.
Aus dem Spanifchen zum erftenmal in das Deutfche übertragen
und mit Anmerkungen und einer Vorrede begleitet von L. Tieck,
Breslau, 1827.

vor allem der Abenteuerliche Simpliciffimus (1669),
sowie die Romane Lesages, von denen der Gil Blas
(1715) der berühmteste ist.

Für Spanien wird der satirische Schelmen= und
Abenteurerroman auch dadurch bedeutsam, daß er dem
größten Meister spanischer Prosa in seinen unsterblichen
Schöpfungen nachhaltige und fruchtreiche Anregung geboten hat.

Miguel Cervantes de Saavedra wurde 1547, elf
Jahre vor dem Tode Karl V., zu Alcalá als Sohn des
sehr mäßig begüterten Edelmannes Rodrigo de Cervantes
geboren und am 9. Oktober des genannten Jahres getauft.
Er studierte in Madrid, wo Juan López de Hoyos, ein
würdiger Geistlicher, den Jüngling zu seinen Lieblings=
schülern zählte. Einundzwanzig Jahre alt, zog Cervantes
mit Kardinal Giulio Acquaviva nach Rom und fand dort
zuerst Gelegenheit, sich mit dem italienischen Schrifttum
vertraut zu machen, das auf sein späteres Schaffen einen
nicht zu verkennenden Einfluß übte; die dienende Stellung
an der Seite des Kirchenfürsten behagte ihm jedoch nicht
lange, und einem von dem Dichter später ausgesprochenen
Grundsatz: „No hay mejores soldados que los que se
trasplantan de la tierra de los estudios en los campos
de la guerra" („Es gibt keine besseren Soldaten als
jene, welche sich vom Felde ihrer Studien auf die
Schlachtfelder begeben") folgend, machte er als einfacher
Soldat den Krieg gegen die Türken mit, kämpfte bei
Lepanto (1571) und wurde durch einen Büchsenschuß
an der linken Hand schwer verletzt. Der Entscheidungs=
kampf, der bei Cervantes eine bleibend schmerzliche Er=
innerung zurückließ, hatte tiefen Eindruck auf ihn gemacht;
das Bewußtsein der Teilnahme an dem Kampf für Nation
nnd Glauben hat ihn noch in späteren Jahren mit Stolz

erfüllt, dem freilich eine gewisse Resignation beigemischt war. Kaum geheilt, ergriff er von neuem die Waffen und machte einen weiteren Feldzug in Afrika mit; auf der Heimkehr wurde er von Korsaren gefangen genommen, die ihn nach Algier brachten. Dort blieb er fünf Jahre hindurch als Gefangener in Knechtschaft; über diese Zeit erzählt der Cautivo im Don Quixote ergreifende Einzelheiten; auch das Schauspiel „El Trato de Argel" führt erschütternde Szenen aus der Leidenszeit des Dichters vor. Endlich losgekauft, wandte er sich wieder dem Kriegsdienst zu und beendete 1584 seine Lehr= und Wanderjahre. Die Neigung zu Catalina de Palacios, einem Mädchen aus vornehmer, aber armer Familie, das er heiratete, mag ihn zur Abfassung der Galatea, eines Hirtenromans, angeregt haben, der — in der Art der seiner Zeit viel bewunderten Diana enamorada des Jorge de Montemayor — freilich die jener Dichtungsart anhaftenden Mängel teilt, sich aber auch durch Reichtum der Erfindung und tiefes zärtliches Empfinden auszeichnet. Das Gedicht machte Cervantes bekannt und ermutigte ihn, sich weiter dichterisch, und zwar auf dramatischem Gebiete, zu versuchen. Cervantes gebrach es jedoch an eingehendem Verständnis für die Bühnentechnik und überhaupt an Fülle dramatischer Kraft; auch sollte bald das glänzende Talent Lope de Vegas, das eben aufging, die Schöpfungen seines auf diesem Felde nicht ebenbürtigen Rivalen verdunkeln. Das beste Stück unseres Dichters ist die (1784 zuerst gedruckte) Tragödie Numancia. Von nationalem Geiste durchweht, schildert sie den heroischen Widerstand, den jene Stadt dem Ansturm der Römer entgegenstellte.

Dunkel in jeder Beziehung ist der darauffolgende Abschnitt im Leben des geprüften Dichters. Er war ge=

zwungen, die Stelle eines Geschäftsagenten anzunehmen
und rückständige Steuern in der Provinz Granada ein-
zutreiben, wobei er im Jahre 1597 wegen eines geringen
Versehens im Rechnungsergebnisse zu Sevilla in Haft
genommen wurde. Ein längerer Aufenthalt in der
Mancha ist durch kein dokumentarisches Zeugnis beglaubigt,
vielmehr darf als sicher gelten, daß der Dichter während
der letzten vier Jahre des Jahrhunderts fast ununter-
brochen in Sevilla weilte. Ob des Dichters Angabe,
daß der Don Quixote im Kerker entstand, begründet ist
oder nicht: gewiß bedeutet jene Zeit für Cervantes den
Stand tiefster Erniedrigung, aber auch andererseits eine
Zeit der Sammlung und die Morgenröte größten Ruhmes.
Der erste Teil des Romans „El ingenioso Hidalgo Don
Quixote de la Mancha" erschien 1605 zu Madrid, der
zweite Teil zehn Jahre später, nachdem inzwischen bereits
ein gänzlich Unberufener, A. Fernández Avellaneda, durch
seine Fortsetzung ein freches Plagiat an dem Werke be-
gangen hatte. Mittlerweile erschienen die Novelas ejem-
plares (1613). Einige derselben, wie z. B. El curioso
impertinente (in den ersten Teil des Don Quixote aufgenommen) sind weit früher verfaßt; eine andere Novelle,
die Cervantes zugeschrieben wird, La tia fingida, Jahrhunderte hindurch verschollen, ist erst 1814 veröffentlicht
worden. Die „Musternovellen" entsprangen verschiedenen
Anlässen, sind eigenartig in dem Wechsel der Szenerie,
reich an Erfindung und können sich in dieser Beziehung
mit dem Don Quixote messen; eine der köstlichsten unter
ihnen, Rinconete y Cortadillo, steht unter dem unver-
kennbaren Einfluß der Novela picaresca, ist aber keine
Autobiographie. — Von den übrigen Schöpfungen des
Dichters sind — außer den anziehenden und lebendigen
Zwischenspielen — namentlich El viage del Parnaso, eine

Revue der zeitgenössischen Dichter mit eingestreuten satirischen Bemerkungen, sowie der Reiseroman Persiles y Sigismunda — dieser kurz vor seinem Tode geschrieben, dabei ein Zeugnis unverwüstlicher Heiterkeit und Geistesfrische — zu erwähnen. Keines der Cervantinischen Werke hatte so nachhaltigen, die spätere Dichtung so bestimmenden Erfolg wie der Don Quixote, der zu den Kleinoden der Weltliteratur gehört. Man hat in dem Roman eine Satire auf den Herzog Medina Sidonia erkennen wollen; eine Ausgeburt der Torheit war es, wenn man in ihm eine Parodie auf Karl V. erblickte. Die verbreitetste Meinung über die Absicht des Dichters schließt sich seinen eigenen Worten an: der Zweck der Dichtung sei es gewesen, dem Fanatismus für die Ritterromane zu steuern. Aber auch von diesem Standpunkte aus wird jeder ernste Richter zugeben müssen, der Stoff sei dem Dichter weit über die ursprüngliche Absicht hinausgewachsen; nicht zu übersehen ist jedoch, daß einerseits die Leidenschaft für Fabrikation und Lektüre der Ritterromane gegen Ende des 16. Jahrhunderts erheblich nachgelassen hatte, andererseits an der Stelle, wo Cervantes den fingidas historias de los libros de Caballerías seinen verdadero Don Quixote gegenüberstellt, die Ironie sinnfällig durchschlägt. Ein Kunstwerk von dem Gehalt des Don Quixote ist Selbstzweck; soll schon von einer Absicht des Dichters die Rede sein, so liegt diese gewiß tiefer als in einer literarischen Polemik. Die universelle Bedeutung des Don Quixote gründet sich darauf, daß der geniale Schöpfer, trotzdem er ein ungemein anschauliches Bild der damaligen spanischen Zustände liefert, in höherem Sinne von Land und Volk abstrahiert und das Bild des wähnenden und irrenden Menschen vorführt, so jedoch, daß trotz aller

Karikatur die Sympathie für den zwar stets verkehrte Mittel anwendenden, aber im Grunde von edelster Absicht erfüllten Helden ungeschwächt erhalten, ja bis zum Ende noch gesteigert wird. Das Relief, in welches der Dichter ihn setzt, wird erhöht durch die Zeichnung des Knappen, des Sancho Pansa, der Verkörperung banausischer Interessen, von denen der ideale Flug des Don Quixote sich umsodeutlicher abhebt. So schuf Cervantes „in der Darstellung des Idealismus und des Realismus den humoristischen Roman. Den Realismus hatte der Schelmenroman in die Prosaerzählung eingeführt, bei Cervantes wurde er durch Verbindung mit dem Seelenleiden des Dichters geadelt." (Baist.) Tatsächlich fällt es schwer, die Parallele zu verkennen, die sich zwischen dem Irren und Streben des Helden der Dichtung und der Laufbahn des Dichters selbst ergibt, der als heroischer Kämpfer in der Völkerschlacht bei Lepanto begann und nach mehr als zwei Dezennien besten Mannesalters, da er den Plan zu seinem unsterblichen Werke faßte, mit Not und Bedrängnis zu ringen hatte. Durch die unendliche, ja verwirrende Fülle der Erfindung, die ein anziehendes Bild nach dem andern hervorzaubert, ist der Don Quixote ein wirklicher libro de entretenimiento geworden, ein Unterhaltungsbuch im edelsten Sinne, das jedem Leser in jedem Alter stets neue Freude bereitet. Fehlt auch dem Roman strenge Einheit der Anlage, sind auch die logischen Fäden darin oft nur sehr lose geknüpft, so ist er gleichwohl durch die angedeuteten Vorzüge, sowie durch die Schätze milder Weisheit und abgeklärter Lebenserfahrung, die er enthält, ein Meisterwerk geworden, wert als eines der köstlichsten Besitztümer der Menschheit immerdar geschätzt zu werden. Diese berechtigte Anerkennung hat denn auch nicht gefehlt; wenige

Bücher sind so oft aufgelegt, übersetzt, dichterisch und schriftstellerisch verwertet worden wie der Don Quixote. Allein über die illustrierten Ausgaben des Werkes, die ebensoviel Zeugnisse bilden, welche ungeheure Anregung es dem Zeichner und Maler bot, gibt eine umfassende Bibliographie Kunde.*)

2. Das Drama.

Das spanische Drama in seiner Blütezeit gehört zu den volkstümlichsten Erscheinungen auf dem Gesamtgebiete des neueren Schrifttums; es vertritt als nationale Kunst= form das spanische Heldenlied des 12. und 13., die Romanze des 14. und 15. Jahrhunderts. Was als er= hebende Erinnerung aus der Vorzeit, als ernste Glaubens= sache oder als aktuelles Ereignis das Volk bewegte, wurde

---

*) Ashbee, H. S.: An inconography of Don Quixote 1605—1895, London, 1895 (Illustrated Monographs III). Hauptwerk für cervantinische Bibliographie ist Rius, Leopoldo: Bibliografía crítica de las obras de Miguel de Cervantes Saavedra, Barcelona, 1895—1899, 2 Bände, das Ausgaben, Übersetzungen, Biographien, Kommentare, Nachahmungen in fast 2000 Nummern anführt; Bd. II, 130 sind auch die neuen biographischen Beiträge von Pérez Pastor, Cristóbal: Documentos Cervantinos hasta ahora inéditos, Madrid, 1897, kritisch be= sprochen. Die Tabelle II, 396 stellt 647 Originalausgaben und Übersetzungen (in die französische, englische, italienische, deutsche, russische, holländische, schwedische, ungarische, portugiesische, polnische, katalanische, dänische, tschechische, griechische, serbische, rumänische, kroatische, finnländische und türkische Sprache) zu= sammen. Hierzu kommt noch in jüngster Zeit: Don Quixote de la Mancha. Primera Edición del texto restituido. Con notas y una introducción por Jaime Fitzmaurice-Kelly y Juan Ormsby, Londres, 1898—1899. David Nutt. 2 Bände, 4°. „Die erste kritische Ausgabe des Don Quixote, eine monumentale Ausgabe, wie sie noch keinem Werk der spanischen Literatur in oder außerhalb Spaniens zu teil geworden ist." (Gröber.)

auf der Bühne dargeſtellt. So entſpricht es denn dem
Weſen der dramatiſchen Kunſt der Spanier, daß deren
Äußerungen nicht bloß im allgemeinen die alten Volks=
ſagen benützen, ſondern, wie bereits gezeigt wurde (S. 41),
ſich zum Teil geradeswegs auf Romanzen aufbauen.
Darauf gründet ſich nun der Einfluß der nationalen
Bühne auf die breite Maſſe des Volkes. Glauben und
Nationalität, die Triebfedern der Reconquiſta, liefern zu=
ſammen mit bemerkenswerten zeitgenöſſiſchen Erſcheinungen
die Hauptvorwürfe für ſzeniſche Darſtellung. So ſehen
wir bibliſche Stoffe, Heiligenlegenden, Traditionen aus
der heimiſchen, zum Teil auch aus der den Spaniern
geläufigen fremdländiſchen Geſchichte, ältere Erzählungen
der verſchiedenſten Art ebenſo verwertet, wie die dem
Volke noch geläufigeren Szenen aus dem zeitgenöſſiſchen
Leben, in denen Helden galanter Abenteuer und ritter=
licher Kämpfe, eiferſüchtige Damen, einfältige und witzige
Diener (Graciosos, ſpäter zu lebendigen Gloſſen der Aktion
ausgeſtaltet) die ihnen entſprechende Rolle ſpielen.

Wir unterſcheiden demnach zunächſt die Gruppe der
geiſtlichen Feſt= oder Sakramentſpiele, unter dieſen das
Auto sacramental, welches dem Weſen nach den älteſten
uns bekannten religiöſen Feſtſpielen ähnlich iſt, dann die
Comedia de Santos, die, obwohl religiöſen Grundcharakters,
ſich in der Technik von dem weltlichen Drama nicht weſentlich
unterſcheidet. In dieſem wieder muß das Mantel= und

Die beſte Würdigung des Don Quixote als ſozialen Roman
gibt Morel=Fatio, Alfred: Études I², 1895, 295 ff.: Le Don
Quixote envisagé comme peinture et critique de la société
espagnole du XVIᵉ et du XVIIᵉ siècle. Das auffallende Urteil
über den Verfaſſer des Don Quixote (S. 305): „Très habile
conteur et honnête homme" — ſolcher gibt es ja viele, doch
nur einen Cervantes — iſt von Morel=Fatio ſelbſt an anderen
Stellen des Aufſatzes modifiziert worden.

Degenſtück (Comedia de capa y espada) von der Comedia
del teatro (de aparencias), einem großes ſzeniſches Rüſt=
zeug erfordernden Hoffeſtſpiel, dem Königsdrama im wei=
teren Sinne, unterſchieden werden. Außer dieſen eigent=
lichen Bühnenſtücken kennt das ſpaniſche Theater noch die
Loa (den Prolog) und den Entremés (das Zwiſchenſpiel),
welch letzteres ſich zum Saynete oder Baile, d. h. zu dem
vom Geſange begleiteten Ballett entwickelt, endlich die
Zarzuela, die Operette.*)

Die feſte Bühne, der Haltpunkt für die Entwicklung
des Dramas, wird zu Beginn der Hochblüte des ſpaniſchen
Theaters in verſchiedenen Städten des Landes errichtet.
In der erſten Hälfte des 16. Jahrhunderts beſaßen
Valencia und auch Sevilla ſtehende Bühnen. Wenn ſich
die heutige Hauptſtadt in dieſer Beziehung erſt ſpäter an=
reiht, ſo erklärt ſich dies aus dem Umſtand, daß Madrid
zu jener Zeit bei weitem nicht die heutige Bedeutung
erlangt hatte und erſt 1561 zur Reſidenz erhoben wurde.

Zunächſt waren es fromme Brüderſchaften, Vereine,
zu wohltätigen Zwecken gebildet, die behufs Erhöhung
ihrer Einkünfte den Madrid beſuchenden Schauſpieler=
truppen Lokale zur Abhaltung dramatiſcher Aufführungen
zur Verfügung ſtellten. Es ſind dies die Cofradia de la
pasión, die 1565 zuſammentrat, ſowie die Cofradia de
Nuestra Señora de la Soledad (1567). Wir ſehen da
Kranken= und Schauſpielhaus in einer damals unauf=
fälligen Verbindung; in dieſer Beziehung war Valencia
ſchon 1526 mit einem ähnlichen Beiſpiel vorangegangen.
Eigentliche ſtehende Bühnen erſcheinen in Madrid 1579
(Teatro de la Cruz) und 1582 (Teatro del Príncipe),

---

*) Dieſer auch heute durchgängig gebrauchte Name ſtammt
von der königlichen Reſidenz la Zarzuela, wo der Hof ein

Corrales genannt, Hinterhöfe von Häusern, in denen der
größere Teil der Zuschauer Platz nahm, während Fenster
des Hauptgebäudes und der umliegenden Häuser Logen
für den Adel und für die Begüterten abgaben; im Hinter=
grunde befand sich die Bühne. Die Geschichte des spanischen Dramas in seiner
aufsteigenden Entwicklung bis zu den Meisterschöpfungen
verzeichnet neben Enzina und Rojas die Namen Lucas
Fernández, Diego de San Pedro, Torres Naharro, Lope
de Rueda, Juan de la Cueva, Lupercio Leonardo de
Argensola u. a. Der geistvolle Portugiese Gil Vicente,
der „Vater des portugiesischen Dramas", verdient gleich=
falls hier Erwähnung, weil er auch Stücke in kastilianischer
Sprache geschrieben hat, die in Spanien bekannt und
nicht ohne literarischen Einfluß waren. Den Namen
Auto braucht er schon ungefähr im späteren Sinne für
Dramen religiösen Inhalts. Gil Vicente — etwa 1502
bis 1536 als dramatischer Dichter tätig — ist ebenso wie
Lucas Fernández und Diego de San Pedro Nachahmer
Enzinas; auch Torres Naharro, ein Zeitgenosse der
Genannten, dessen gesammelte Werke unter dem Titel
„Propaladia" zuerst 1517 in Neapel erschienen, ist in
einigen seiner Stücke noch wesentlich von Enzina beein=
flußt, andere Dramen Naharros („Serafina", „Himenea",
„Aquilana") zeigen merkliche Fortschritte und enthalten
ihrem Wesen nach die charakteristischen Typen des späteren
Schauspiels. Naharro ist mehr als Rueda in dieser Be=
ziehung als Gründer des modernen spanischen Theaters
zu betrachten; er führt durch einen bedeutenden Mittler,
Juan de la Cueva, zu Lope de Vega hinüber. Seine
Propaladia wird eingeleitet von lehrreichen Bemerkungen
über das damalige Theater, mit besonderer Berücksich=
tigung der dramatischen Technik; Naharro ist auch der

erfte, der den fpäter beibehaltenen Ausdruck „Jornada“
(die journée der älteren französischen Spiele) für „Akt“
gebraucht hat. Bei jedem feiner Stücke findet fich ein
Introito und ein Argumento als Einleitung, die dann
zufammen die fpätere Loa, d. h. Vorfpiel, ergaben. Der
oben genannte Lope de Rueda (blühte 1540—1566), ein
Sevillaner Handwerker, zeichnete fich durch hervorragendes
Darftellungstalent aus und unternahm mehrfache Künftler=
reifen in Spanien, die ihn in weiten Kreifen berühmt
machten. Auch bei Hofe hat er Vorftellungen gegeben;
Cervantes weiß fich aus feiner Jugendzeit noch des
Talentes diefes „ausgezeichneten und berühmten“ Mannes
zu erinnern. Trotz Ruedas klarem Blick für das Leben,
trotz feiner Gabe, die Erfcheinungen desfelben in heiterer
Ungezwungenheit wiederzugeben, ift ihm das dichterifch=
bahnbrechende Talent verfagt. Er ift, wie all die vorher=
genannten dramatifchen Autoren — Lupercio Leonardo
de Argenfola, deffen Hauptftärke wie die feines Bruders
Bartolomé in der Lyrik liegt, nicht ausgenommen — nur
ein Vorläufer des eigentlichen dramatifchen Genius der
Hochblüte, desjenigen, der der fpanifchen Bühne fein
Zeichen aufdrücken, für die übrigen Dichter Beifpiel und
Lehre abgeben follte.*)

Felix Lope de Vega Carpio wurde am 25. No=
vember 1562 zu Madrid geboren und zeigte eine fo
außerordentliche Frühreife — fchon im Knabenalter foll

*) Die Quellennachweife für die Dramatiker vor Lope
ziemlich vollftändig bei Morel-Fatio, A. und Rouanet, L.: Le
Théâtre Espagnol, Paris, 1900 (Bibliothèque de Bibliographies
critiques No. 7) 6—14. Dem deutfchen Lefer feien außer den
einfchlägigen Abfchnitten bei Schack, Klein und Schäffer noch
die lichtvollen Ausführungen über den Gegenftand in F. Wolfs
„Studien“, 557 ff. („Zur Gefchichte des fpanifchen Dramas“)
empfohlen.

er Hörer der Hochschule in Alcalá gewesen sein, und er
selbst erwähnt, daß er die Comedia „El verdadero Amante"
(„Der getreue Liebhaber") im 14. Lebensjahre geschrieben
habe —, daß er schon damals den Beinamen, der ihm
für die spätere Zeit blieb, „Monstruo de la naturaleza"
verdiente. Soviel aus den unsicheren Nachrichten, die
wir über seine Jünglingsjahre besitzen, erhellt, hatte er
in seiner äußeren, glücklichen und genußfreudigen Lebens=
führung Ähnlichkeit mit unserem Goethe. Lope besaß
eines der empfindsamsten und liebebedürftigsten Dichter=
herzen (yo nací en dos extremos que son amar y
aborrecer, „ich wurde zwischen zwei Extremen, Lieben
und Hassen, geboren", bekennt er selbst), und der Ver=
gleich zwischen dem deutschen und dem spanischen Dichter=
fürsten ließe sich auch mit Rücksicht auf ihre Beziehungen
zu den Frauen, aber ebenso dahin ausführen, daß beide
troß vielbegehrtem und vielfach erlangtem Lebensgenuß
das Gemeine weit hinter sich ließen. Bei den wenigen
Stücken Lopes, die hier eine Ausnahme bilden, wie der
Galan castrucho, wird ebenso wie bei gewissen Szenen
der Celestina durch die Form der Darstellung, durch den
Zauber der Sprache das Niedrig=Lascive wenn nicht ge=
hoben, so doch verhüllt. Wie Cervantes diente auch Lope
in der spanischen Marine; mit weniger stolzem Bewußt=
sein als jener von Lepanto, kehrte Lope mit den Trümmern
der Armada 1588 in die Heimat zurück. Der Eindruck
der Katastrophe war, wie man weiß, in Spanien keines=
wegs der einer Lehre. Der selbstgefällige Stolz auf die
nationale Machtfülle und weltgebietende Größe findet in
Lope den genialsten Interpreten, und seine Stellung als
Sekretär im Hause Albas (bis 1595) war wohl geeignet,
ihn in dem Ausdruck dieses Selbstgefühls bei seiner
dichterischen Produktion zu bestärken. Lope wird gegen

des Jahrhunderts Ende bis zu seinem Tode (1635) der
unbestrittene Beherrscher der Bühne. Sein Wort gilt,
wie später das Voltaires, als das Orakel einer mit über-
schwänglichkeit gefeierten dichterischen Hoheit; der Name
„Lope" wurde, wie Pérez de Montalban berichtet, „zum
allgemeinen Sprichwort, um eine gute Sache zu preisen."
Diese Bedeutung offenbart sich bei allem Wechsel in seinen
persönlichen Geschicken, auf seinen Reisen (nach Toledo,
Sevilla), steigt von dem Zeitpunkt an, da er Madrid
zum bleibenden Aufenthalt wählt (1610) und wächst ins
Ungemessene, als er nach dem Tode seiner zweiten Gattin
(1614) in den Priesterstand tritt, und seine Produktions-
kraft sich bis zu den äußersten Grenzen menschlichen
Könnens erweitert. Frisch, natürlich, wie seine Lebens-
freude, bleibt auch sein künstlerisches Schaffen — Lope
ist ein in doppelter Beziehung· Glücklicher, dessen Lebens-
stern nicht zu erblassen schien. Seine Fruchtbarkeit grenzt
ans Fabelhafte. Außer den bereits erwähnten zwei
Epopöen Angélica und Jerusalem conquistada verfaßte
Lope fünf mythologische Gedichte: Circe, Andromeda,
Philomela, Orfeo, Proserpina, vier größere historische Gedichte, darunter San Isidro (Lebensgeschichte des h. Isidor
„Labrador", des Ackermanns, des Patrons von Madrid)
und Dragontea (Drachenlied, das sich leidenschaftlich gegen
den gefürchteten Feind Spaniens, Sir Francis Drake,
wendet), und ein in seiner Meisterschaft ganz einziges,
burleskes Epos, die Gatomaquia; ferner eine Reihe von
Lehrgedichten, darunter den Arte nuevo de hacer comedias,
die Ars poetica der neuen Schule, mit anziehenden Auf-
schlüssen über Lopes Ansichten von der Technik des Dramas,
auch über die bekannten drei Regeln, die der Meister hier
anerkennt, in der Praxis aber, eben als Meister, der die
Form zerbricht, nicht befolgt hat. Doch nicht auf diese

Gedichte, nicht auf die Unzahl von Sonetten, Romanzen, Oden, Elegien, Episteln gründet sich Lopes Hauptruhm, sondern auf sein Theater. Nach seiner eigenen Angabe hat er 1500 Comedias verfaßt, die mehr als fünf Mil=lionen Verse (meist gereimte oder affonierende Trochäen, untermischt mit Oktaven, Sonetten, Terzinen) gezählt haben dürften; in diese Zahl sind Hunderte von Autos, Loas und Entremeses nicht einbezogen. Von den Co-medias sind etwa 500 erhalten, jedoch nicht sämtlich ge=druckt; die Gesamtausgabe der dramatischen Werke Lope de Vegas, ein Riesendenkmal, das dem Dichter eben ge=setzt wird, hat die Academia Española unternommen.*) Erst nach Abschluß dieser, von Marcelino Menéndez y Pelayo mit trefflichen Einleitungen versehenen Ausgabe wird sich die außerordentliche Vielseitigkeit des Dichters bei Wahl und Bearbeitung so zahlreicher Vorwürfe er=kennen und abschätzen lassen.**) Soviel steht heute fest, daß Lope, im wesentlichen unberührt von jenen höfischen Einflüssen, die sich erst unter Philipp IV. geltend machten, als dramatischer Herold nationalen Ruhmes durchaus auf volkstümlichem Boden fußt, daß er begeistert die glän=zendsten Episoden der spanischen Geschichte auf der Bühne

---

*) Obras de Lope de Vega, publicadas por la Real Aca-demia Española, Madrid, 1890 ff. Der erste Band enthält die ausführliche Biographie des Dichters von Cayetano Alberto de La Barrera und einen reichen bibliographischen Anhang. Letzt-erschienener Band XII (1901).

**) Die von Menéndez y Pelayo vorgenommene Einteilung der Dramen Lopes nach ihrem Stoffe unterscheidet 15 Gruppen, nämlich: 1) u. 2) Comedias fundadas en asuntos del Antiguo y Nuevo Testamento; 3) C. de vidas de Santos; 4) Leyendas ó tradiciones devotas; 5) C. mitológicas; 6) C. de la historia clásica; 7) C. de historia extranjera; 8) C. de la historia patria; 9) C. pastoriles; 10) u. 11) C. caballerescas; 12) C. románticas; 13) bis 15) C. de costumbres.

darstellt*), in der Fülle anderer, nur zum Teil aus
den romantischen Epen und Novellen der Italiener ge=
holter Stoffe, in verwirrend reicher Erfindung, in geist=
voller Charakteristik, namentlich des Liebeslebens der Frau,
in der Schilderung ländlichen Wesens ein Meister, über=
haupt einer der größten Dichter aller Zeiten ist. Die
Kraft, „die Überlegenheit über das Werk in das Werk
selbst hineinzutragen", besitzt er in ebenso hohem Maße
wie Goethe. Der Wohllaut der Sprache, welche Lope
mit größter Frische, Leichtigkeit und Fülle — hierin sogar
manchmal ins Lager der von ihm bekämpften Kulteranisten
(Anhänger der besonders von Góngora gepflegten schwül=
stigen und mit Bildern überladenen Stilart) übergehend —
beherrscht, erhöht den Zauber seiner Dichtungen, von denen
freilich heute die meisten mehr den Literaten als der großen
Masse der Theaterfreunde gehören. Der Grund hierfür
liegt darin, daß diese Schöpfungen, den geistigen Strö=
mungen jener Zeit entsprechend, sehr wesentlich die volks=
tümlichen Ideenkreise Spaniens im 16. und 17. Jahr=
hundert zum Ausdruck bringen. Lope bekennt selbst, daß
er den Zeitströmungen, dem Beifall der Menge zu sehr
nachgegeben, sich von diesem habe fortreißen lassen: das
erklärt denn auch sein Hasten und Drängen nach neuen
Stoffen, seine fabelhafte Produktionsfülle. Wir haben
tatsächlich keinen Grund, an der uns überlieferten Nach=
richt, Lope habe manche Dramen in 24 Stunden gemacht,
zu zweifeln. Aus dieser Überproduktion ergab sich eine
gewisse Flüchtigkeit und eilfertige Oberflächlichkeit, deren
Spuren die Mehrzahl seiner Schöpfungen aufweist.

---

*) Das Urteil Schacks (Spanisches Theater, Stuttgart, I,
12): „Man könnte aus seinen historischen Stücken eine Reihen=
folge herstellen, in welcher die ganze spanische Geschichte von den
Westgoten an bis zu seiner eigenen Lebenszeit vorgeführt würde"

Neben der großen Zahl von Schauspielen Lopes, die unter den bezeichneten Mängeln leiden, schuf er jedoch auch eine Reihe ganz ausgezeichneter Stücke, auf denen vorzüglich die allgemeine und bleibende Bedeutung des Dichters beruht. Nichts bestätigt diese Tatsache besser als der Umstand, daß Lopes Bühnenwerke einen unerschöpflichen Born der Anregung für die späteren Bühnendichter bildeten. „Lope war der Anfang und das Ende des Schauspiels", sagt ein Ungenannter schon wenige Jahre nach dem Tode des Meisters, und dieses Lob wurde insofern in die Tat umgesetzt, als nicht bloß spanische Dichter, unter ihnen selbst die hervorragendsten, wie Calderon (z. B. in seinem „Alcalde de Zalamea") sich von Lope ihre Vorwürfe holten, sondern auch das Drama der Weltliteratur aus Lopes Theater eine auch noch in der Gegenwart wirksame Anregung schöpfte. Italiener, Franzosen, Niederländer, Engländer und Deutsche haben Lopes Theater studiert und verwertet, unter den Neueren niemand mit gleicher Begeisterung und besserem Verständnis als Franz Grillparzer. Vergegenwärtigt man sich, was früher über Lope, den echten Spanier der Glanzzeit, den Herold dieser ruhmreichen Periode, gesagt wurde, so wird klar, in welcher Art und nach welcher Seite hin seine Dramen wirken konnten: nicht diese als solche, in Aufbau und Durchführung, sondern der Reichtum üppigster Erfindung und die Phantasie, die sie auszeichnen, haben nachhaltige Spuren hinterlassen. Das beste Beispiel hierfür bietet wieder Grillparzer, dessen Verhältnis zum spanischen Meister jüngst eingehend ge=

findet jetzt Bestätigung durch die Bd. 7 ff. der oben erwähnten Gesamtausgabe neu herausgegebenen Crónicas y Leyendas dramáticas de España.

würdigt wurde.*) Die Anregung, die der österreichische Dichter von dem spanischen erhielt, äußerte sich nicht sowohl in Entlehnungen, sondern in Umdichtungen; manchmal sind es bloß Hinweise, Winke, die sich Grill= parzer von Lope geben ließ. In solcher Weise treten außer anderen Dramen Grillparzers „König Ottokars Glück und Ende", „Des Meeres und der Liebe Wellen", „Weh dem, der lügt", „Die Jüdin von Toledo" und „Esther" zu Lopes „La Imperial de Oton", „Los tres diamantes", „Despertar á quien duerme", „La Judía de Toledo" und „La hermosa Ester" in Beziehung.

Von andern Stücken Lopes, die Umdichtungen er= fuhren und so zum Teil heute noch der Bühne erhalten blieben, seien erwähnt:

„La Estrella de Sevilla" („Der Stern von Sevilla"); so heißt die schöne und tugendhafte Estrella Tabera, welche die Bewerbungen des Königs Sancho, ja auch den Bund mit ihrem Verlobten Sancho Ortiz zurückweist, weil dieser, freilich durch den Befehl des Königs ge= zwungen, ihren Bruder getötet hatte (Schäffer I. 93, Günthner, Studien, 66). Übersetzt von E. J. G. Otto von der Malsburg — zusammen mit „El mejor alcalde el rey" („Der beste Richter ist der König") und „La moza del cántaro" („Das Krugmädchen") — unter dem Titel: „Stern, Zepter und Blume", Dresden, 1824 und bearbeitet von J. Chr. Freih. v. Zedlitz, zuerst 1829 er= schienen und dann in den 1. Teil seiner dramatischen Werke, Stuttgart, 1860, aufgenommen.

„La fuerza lastimosa" („Der unheilvolle Zwang"); behandelt im wesentlichen den Vorwurf der berühmten alten Romanze vom Grafen Alarcos und der Infantin

---

*) Farinelli, Arturo: Grillparzer und Lope de Vega, Berlin, 1894.

Solisa, deren Schicksale in der Weltliteratur (auch mit Berücksichtigung Lope de Vegas) jüngst Egidio Gorra (Fra Drammi e Poemi, Milano, Hoepli, 1900, 1 ff.) eingehend verfolgte. Als tragischer Held erscheint hier Graf Enrique, der mit Isabel, Gräfin von Barcelona, vermählt ist und auf Befehl seines Lehnsherrn, des Königs von Irland, seine Gattin töten muß, um des Königs Tochter, Dionisia, zu ehelichen. In deutscher Übersetzung erschien nur ein Auszug. Ins Französische übersetzten das Stück J. Esménard (Chefs d'œuvre du théatre espagnol. Lope de Vega. Paris, 1822, Bd. II, 1 ff.) und Eugène Baret (Paris, Didier, 1874, I, 127 ff.)

„El villano en su rincon" („Der Bauer in seinem Winkel"). Der Inhalt des Stückes, in dem der König von Frankreich von dem Bauer Juan bewirtet wird und diesem wieder Gastfreundschaft erweist, ist durch F. Halms freie Bearbeitung: „König und Bauer" (Wien, 1842; Werke IV, 1873), die sich im Spielplan der deutschen Bühne dauernd erhält, bekannt.

„El mayor imposible" („Das Unmöglichste von allen"). Beantwortung der Frage, was das Allerunmöglichste sei, durch die Königin Antonia von Neapel: ein Weib zu hüten. Ins Deutsche übersetzt von Ludwig Braunfels, Dramen aus und nach dem Spanischen, Frankfurt, 1856, Teil II, und für die Bühne bearbeitet von Eugen Zabel unter dem Titel: „Der Tugendwächter", Berlin, 1894. Das anmutige Lustspiel „Amar sin saber á quien" („Lieben, ohne zu wissen, wen"), eine reizende Schilderung, wie Don Juan und Doña Lisarda einander lieben, ohne Namen und Stand des geliebten Wesens zu kennen, um dann nach einer Reihe von Verwicklungen vereinigt zu werden, ist weder ins Deutsche übersetzt, noch für die deutsche Bühne bearbeitet worden. Pierre Corneille benützte das Stück in seiner „Suite du Menteur"; Baret a. a. O. II, 415 ff. und Damas Hinard, Théâtre de Lope de Vega, Paris, 1881, 2 vol. II, 276 ff. lieferten eine französische Übersetzung.*)

Im Vergleich mit Lope ist ein anderer Bühnendichter lange nicht so gewürdigt worden, als er es verdiente, Fray Gabriel Tellez, bekannter unter dem Pseudonym Tirso de Molina.**) Sein Leben und dichterisches Schaffen, sein Einfluß auf das spanische und außerspanische Drama blieben lange verschleierte Größen, die in ihrem vollen Wert zu erkennen der neuesten Zeit vorbehalten blieb.

Ende 1571 oder Anfang 1572 in Madrid geboren, studierte Tirso wie Lope in Alcalá und wurde 1619 Comendador des Mercenario-Konvents in der kleinen Stadt Trujillo. Um diese Zeit muß er jene Ausflüge nach Galicien und Portugal unternommen haben, von denen seine Werke so vielfache und merkwürdige Zeugnisse ablegen. Zu diesen gehört auch das von ihm aufge- nommene anapästische Tanzmaß, jener Vers, der in Spanien verso de la gaita (Dudelsackpfeife) gallega heißt. 1620 erschien die erste größere Probe seiner literarischen Tätigkeit, die Cigarrales de Toledo, eine Sammlung von

---

*) Günthner, Engelbert: Studien zu Lope de Vega. Rott- weil, 1895 (Programm), liefert eine reichhaltige Zusammenstellung der Aufführungen, Nachahmungen, Bearbeitungen und Über- setzungen der dramatischen Werke Lope de Vegas außerhalb Spaniens im 17., 18. und 19. Jahrhundert. Zu den in der gleichfalls sehr verdienstlichen Bibliographie S. 3—27 genannten Werken der Lope de Vega-Literatur kommt jetzt noch: Wurzbach, Wolfgang von: Lope de Vega und seine Komödien. Leipzig, 1899 (mit anderwärts bisher nicht veröffentlichten Analysen ver- schiedener Stücke).

**) Muñoz Peña: El Teatro del Maestro Tirso de Molina, Valladolid, 1889. — Cotarelo y Mori, Emilio: Tirso de Molina, Madrid, 1893.

Novellen, Dramen (darunter die vortrefflichen Stücke „El celoso prudente" und „El vergonzoso en Palacio"), anderen Dichtungen und literarischen Streifzügen; ein in dieser Sammlung enthaltenes Manifest zur Verteidigung des Theaters und der Freiheit der Kunst erhellt die Beziehungen eines damaligen Ordensmannes zur Bühne.

Auf einer Reise nach Santo Domingo berührte Tirso de Molina Sevilla und dort soll er den Stoff zu dem Burlador de Sevilla (Don Juan) gefunden haben, der freilich durch Molières Nachahmung und durch Mozarts unsterbliche Oper größeren Ruhm gewann als durch die erste, zeitweilig ganz vergessene spanische Bearbeitung. Der Burlador erscheint aber in keiner der von Tirso herausgegebenen Dramensammlungen, und auch innere Gründe sprechen gegen seine Autorschaft.*)

In seiner Laufbahn als Geistlicher wurde unser Dichter Chronist, Provinzial, endlich Comendador seines Ordens in Soria und war während dieser Zeit teils mit Abfassung seiner Komödien (deren Zahl sich angeblich auf mehrere hundert belief, von denen jedoch außer einigen Loas, Entremeses und Autos nur etwa 70 erhalten sind), teils mit Angelegenheiten seines Ordens, teils mit historischen Arbeiten beschäftigt. Seine Historia General de la Orden de la Merced, durchweg Autograph, ist noch erhalten.

Tirso bleibt in seinen Dramen Jünger Lopes und wenn er gleich in manche Fehler des Meisters geriet und ihm auch in der mangelhaften, die poetische Gerechtigkeit manchmal geradezu verletzenden Entwicklung der dramatischen Fabel, in der unzureichenden Begründung von

---

*) Farinelli, Arturo: Don Giovanni. Note critiche, Torino, 1896. (Gior. stor. della letter. italiana XXVII) und Cuatro palabras sobre Don Juan, in Homenaje á Menéndez y Pelayo, Madrid, 1899, I, 205 ff.

Situationen folgte, so überragte Tirso seinen großen Vorgänger in der Schöpfung und Durchbildung dra= matischer, namentlich komischer Charaktere, in der köstlichen Kraft seines Humors und in der Gewandtheit des Dialogs. Ebenso zeichnet sich Tirso, fast noch mehr als Lope, durch eine den Melodienreichtum der spanischen Sprache in allen Registern beherrschende Meisterschaft aus. „Nicht genug, daß seine Verse die wohllautendsten sind, die je in der musikreichen kastilischen Mundart gedichtet worden — es gelingt ihm auch auf wunderbare Weise der einer jeden Situation angemessene Lokalton" (Leop. Schmidt). Darum haben auch vorzügliche und verständnisvolle deutsch=spanische Übersetzer wie Graf Schack es fast als ein Ding der Unmöglichkeit bezeichnet, Tirsos unendlich variierender musikalischer Diktion in deutscher Sprache gerecht zu werden.*)

Von der Meisterschaft unseres Dichters, ernste Charaktere zu zeichnen, liegen bedeutende Proben vor. „La prudencia en la mujer" („Der Frauen Klugheit") gehört zu dem Großartigsten, was die spanische Literatur aufzuweisen hat. Das Stück bildet eine ergreifende Charakterschilderung der hoheitsvollen und staatsklugen Königin=Witwe Maria, die während der Minderjährigkeit ihres Sohnes Ferdinand IV. von Kastilien den Thron gegen alle Fährlichkeiten zu verteidigen weiß, also einen Vorwurf, der bis in die jüngste Zeit in Spanien von aktueller Bedeutung war. Würdig reihen sich diesem Stücke die „Escarmientos para el cuerdo" („Witzigungen

---

*) Analysen der Tirsoschen Stücke und deutsche Übersetzung von „Don Juan" und „Marta la Piadosa" im 5. Bande des von Moriz Rapp herausgegebenen „Spanischen Theaters" (Hild- burghausen, 1868—1870, 7 Bde.): Tirso de Molina. Auswahl und Übersetzung von Ludwig Braunfels, 1870.

für den Klugen"; die escarmientos beruhen auf der
fürchterlichen Erfüllung des Fluchs eines schmählich ver=
lassenen Mädchens, der ihren Verführer, Don Manuel
de Sosa, samt seiner Familie ereilt) an; in dem mystisch=
asketischen Drama „El condenado por desconfiado" („Der
ob seines Mißtrauens Verdammte", Tirso mit Grund ab=
gesprochen) bleibt die Schilderung des einstigen bußfertigen
Eremiten Pablo, der durch Satans Verführung zum
Räuber wird, und des Banditen Enrico, der ob treuer
Fürsorge für seinen kranken Vater und durch dessen
Bitten die Seligkeit erlangt, während Pablo der Ver=
dammung anheimfällt, unserem Empfinden fremd. Wie
in Darstellungen tiefernsten Inhalts gefällt sich Tirso,
namentlich in seinen Lustspielen, unter denen „Don Gil
de las calzas verdes" hervorragt („Don Gil mit den
grünen Hosen" ist Doña Juana, die ihren treulosen Lieb=
haber durch allerlei Ränke und listige Streiche wieder=
zugewinnen sucht)*), in der Wiedergabe von Liebes=
abenteuern und pikanten Szenen, die so reich mit In=
triguen ausgestattet, so anschaulich geschildert sind, daß
man in dem Verfasser einen persönlichen Zeugen, ja den
Protagonisten solcher Auftritte im wirklichen Leben, zu
erkennen glaubte. Diese Annahme ist aber irrig: man
vergaß, was weite Reisen und der Beichtstuhl dem
Ordensmann an Stoff bieten konnten. Tirso war ein
großer Dichter und ein vortrefflicher Priester; Welt und
Kloster waren, das zeigt gerade unser Dichter, während
der Blütezeit des spanischen Schrifttums innig verbunden.

Unter den vielen Dramatikern der spanischen Hoch=
blüte sind nur einige, die nach Tirso und vor Calderons
Größe noch hervorragen. Fast alle stehen unter dem

---

*) Übersetzt von L. A. Dohrn in den „Spanischen Dramen"
Bd. I, Berlin, 1841.

Vanne Lopes, so zunächst dessen Schüler Juan Pérez de
Montalban, ferner Luis Vélez de Guevara und Antonio
Mira de Amescua; selbständige Bedeutung haben Guillén
de Castro und ganz besonders Juan Ruiz de Alarcón
y Mendoza.

Guillén de Castro (1569 —1631) brachte das Mantel=
und Degenstück mit bühnenmäßiger Kunstfertigkeit zur
Geltung und ist stofflich gegenüber Lope insofern ein
Neuerer, als er das Ehebruchsdrama auf der spanischen
Bühne einführte. Einen Ruhmestitel Castros bilden seine
Mocedades del Cid, in denen er den Reichtum der den
Helden feiernden Romanzen lebensvoll und ergreifend
verwertet: so daß durch P. Corneilles Nachahmung des
Stücks („Le Cid"), welche die Handlung nach den bekannten
„Regeln" vereinfacht, aber in vielen Teilen dem Original
genau folgt und es sogar wörtlich übersetzt, die alt=
ehrwürdigen Cid=Romanzen heute noch auf der fran=
zösischen Bühne zu Wort kommen.

Etwa ein Dezennium jünger als Castro ist Juan
Ruiz de Alarcón y Mendoza; er stammt aus dem fernen
Westen, aus Mexiko († 1639). Von Natur mißgestaltet,
darum verspottet, eint er mit dem spanischen Stolz auch
rauhen Trotz, der sich am bezeichnendsten in der unglaublich
derben Ansprache „El Autor al vulgo" (Pöbel) zu Beginn
des ersten Teils seiner Komödien äußert, in der er den
Pöbel „als wildes Tier" behandelt, dem er mit Ver=
achtung ins Antlitz sieht. In dem Jahre, da er diesen
merkwürdigen Prolog seinen Schauspielen vorsetzte (1628)
erscheint er als Relator (Referent) del Consejo Real de
las Indias. Diese angesehene und einträgliche Stelle be=
kleidete er bis zu seinem Tode, und es mag der Neid
um diese Position, die der Mann mit der „bola á cada
lo" (Doppelhöcker), noch dazu ein Neu=Spanier, ein=

nahm, zu den Anfeindungen beigetragen haben, deren
Opfer er wurde. Der ernste, strenge Alarcón war denn
auch als Dichter bei den unterhaltungslustigen Theater-
freunden nie so populär wie Calderón oder gar Lope.
Der Grund hierfür lag, so paradox dies scheinen mag,
in Alarcóns, namentlich im Vergleich mit Lope, weitaus
bedächtigeren, künstlerischer abwägenden, darum auch verhältnismäßig minder fruchtbaren Produktion: er schrieb
nur etwa 30 Stücke. Das spanische Publikum wünschte
aber, wie Schack richtig hervorhebt*), immer neue und
neue Werke von seinen Lieblingen auf der Bühne aufgeführt zu sehen, Alarcón produzierte jedoch zu wenig,
um sich dauernd in der Gunst der Zuhörer festzusetzen;
so wurden seine Dramen von der Flut der übrigen
zurückgedrängt, ja bezeichnenderweise auch anderen Dichtern
zugeschrieben. Was ihm bei seinen Zeitgenossen schadete
und diesen als Beweis eines Mangels an schöpferischem
Talent galt, was ihn so sehr in Vergessenheit geraten
ließ, daß er erst um die Mitte des 19. Jahrhunderts
förmlich entdeckt werden mußte: sein Bestreben, bei der
dramatischen Produktion mehr in Qualität als in Quan-
tität zu bieten, ist heute als Alarcóns größter Vorzug
anerkannt, hebt ihn aus der Masse der übrigen Bühnendichter der spanischen Blütezeit so sehr hervor, daß er
sich den ausgezeichnetsten derselben, der Trias: Lope de
Vega, Tirso und Calderón würdig anreiht.

Alarcón ist nicht so fruchtbar wie Lope, nicht so
sehr Verkörperung dichterischer Größe wie Calderón, nicht
so sprachgewaltig und erfüllt von lebendiger Schalk-
haftigkeit wie Tirso. Was ihn auszeichnet, ist das tiefe
Eindringen in den Stoff, der logische Aufbau desselben,

---

*) Spanisches Theater, Stuttgart, o. J. I, 23.

nicht minder die Durchbildung seiner Charaktere. Der Charakter wird Triebfeder der Handlung, das Gemüt des Menschen dessen Schicksal; mit der überlieferten Tradition brechend, hat er zuerst bewußt und in künst= lerischer Absicht eine sittliche Idee in Handlung und Charakteren des Dramas zum Ausdruck gebracht, einzelne Stücke planmäßig daraufhin angelegt, nicht, wie Lope, die moralische Tendenz gelegentlich in dieselben verwoben. „Unbedingt ist er unter den spanischen Bühnendichtern derjenige, der unserer Gegenwart am unmittelbarsten verständlich ist" (Leop. Schmidt). Unbestritten — auch von seiten der Franzosen, die Alarcón so vielfach nach= ahmten — bleibt sein Ruhm, Schöpfer des modernen Charakter=Lustspiels zu sein. Eines der bedeutendsten Werke Alarcóns ist der „Tejidor (Weber) de Segovia", ein Stück, das einige Ähnlichkeit mit Schillers „Räubern" aufweist, jedoch nicht tragisch, sondern in der Weise schließt, daß der Held des Stücks nach Vollstreckung der Rache und Sühne als leal Caballero wieder in die Ge= sellschaft zurückkehrt. Das gleichfalls heroische Schauspiel „Ganar amigos" („Freunde gewinnen") ist ein Hohes Lied auf die Freundschaft. Unter den Comedias de costumbres ist „Las Paredes oyen" („Die Wände haben Ohren") mit allzu ausgesprochen moralischer Tendenz — der miß= gestaltete Don Juan wird wegen seiner trefflichen Eigen= schaften von Doña Ana gegenüber zwei schönen und stattlichen Bewerbern bevorzugt —, noch mehr „La verdad sospechosa" („Die verdächtige Wahrheit") berühmt. Don Garcia, ein im Grunde edler und ritterlicher Jüngling, ist eben von der Universität Alcalá in Madrid angelangt und gibt hier erstaunliche Proben seines Talents im Lügen und Aufschneiden zum besten. Durch seine eigene Unaufrichtigkeit wird er des Irrtums nicht gewahr,

www.ingramcontent.com/pod-product-compliance
Lightning Source LLC
Chambersburg PA
CBHW030001030726
47499CB00008B/2847